성공을 염원하는 그대에게 선물합니다.

_____ 님께

_____ 드림

잘나가는 **청춘**
흔들리는 **청춘**

잘나가는 청춘 흔들리는 청춘

2012년 8월 10일 초판 1쇄 발행

지은이   **윤문원**
펴낸이   **심윤희**
펴낸곳   **씽크파워**
출판등록   2005년 10월 21일 제393-2005-15호
주소   서울 종로구 명륜동 2가 22번지 토가빌딩 5층
전화   031-501-8033
팩스   031-501-8043
이메일   yun259@hanmail.net

ISBN   978-89-957385-5-9 (03810)

- 잘못된 책은 바꿔드립니다.
- 책값은 뒤표지에 있습니다.

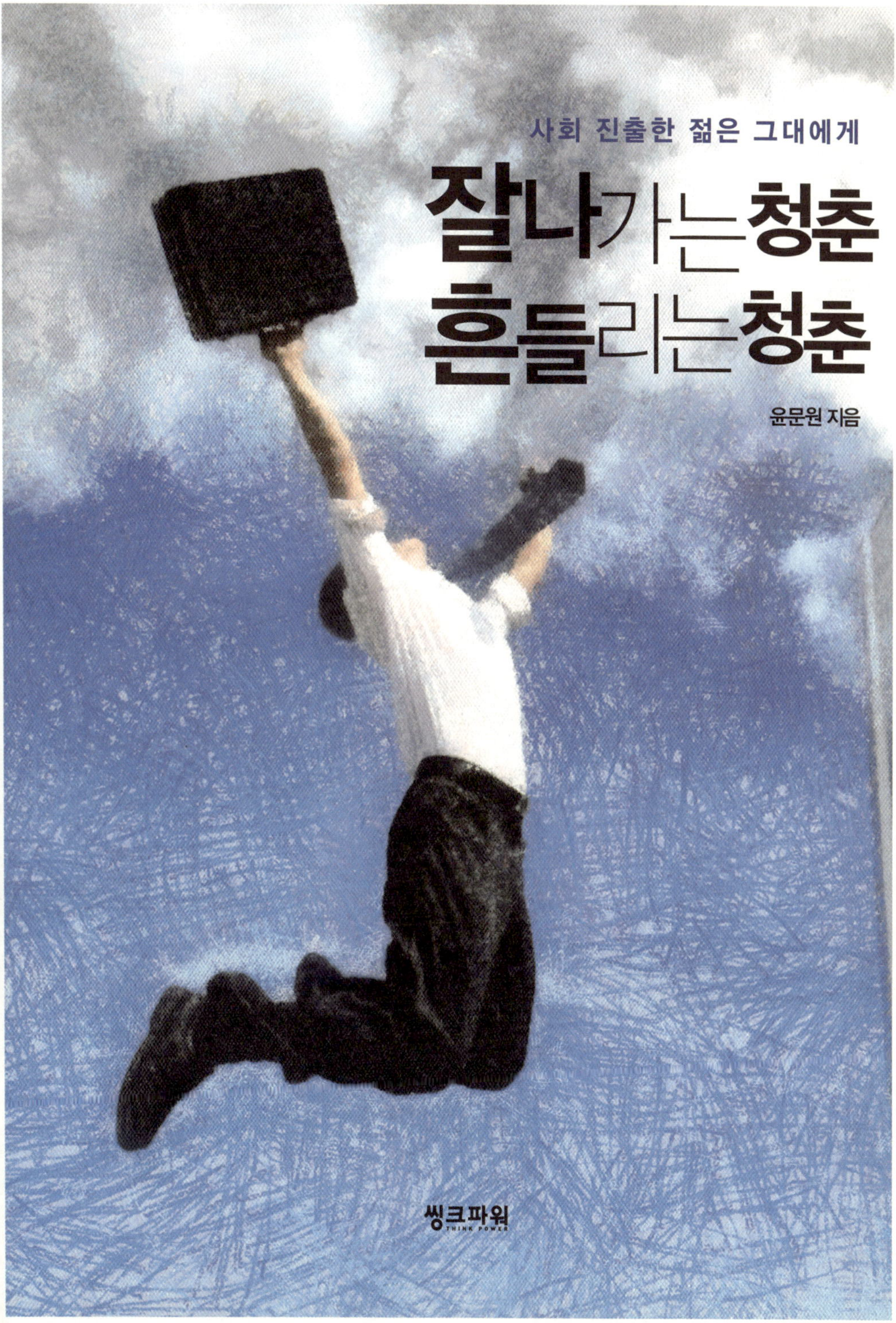
사회 진출한 젊은 그대에게
잘나가는 청춘
흔들리는 청춘
윤문원 지음
씽크파워
THINK POWER

청춘의 잔치를 벌여라

사회에 첫발을 내디뎠을 때는 꿈에 부풀기도 하지만 미래에 대한 불안함이 겹치는 시기이다. 인생은 준비된 자에게는 도전을, 강자에게는 기회를, 약자에게는 위협을 준다.

그대는 인생의 화폭에 어떤 그림을 그리고 싶은가? 그대가 원하는 인생, 꿈꿔왔던 인생을 삶의 현장에서 펼쳐야 한다. 타고난 자질과 능력을 세상에 풀어놓으면서, 성공을 향해 나아가야 한다.

오늘날의 젊은이인 그대는 내가 청춘일 때보다 훨씬 현명하고 창의성이 있고 생활에 균형을 유지하고 있다고 생각한다. 진심에서 우러나온 말이다.

삶의 전쟁터인 이 사회에서 '흔들리는 청춘'이 아니라 '잘나가는 청춘'이 되어야 한다. 강인한 의지, 불타는 열정, 풍부한 상상력으로 청춘의 잔치를 벌여라.

나는 즐거운 마음으로, 부푼 마음으로 수많은 밤을 지새우면서 이 책을 썼다. 왜냐하면 순수하고 불타는 열정으로 꿈을 펼쳐나갈 사회 새내기인 내 아들과 딸과 또래의 젊은이들이 읽을 것이기 때문이다.

급변하는 시대 상황에서 내가 경험한 일과 이를 바라보는 느낌과 그대가 지금 경험하고 있는 일들과 느낌에는 괴리가 있을 수 있다. 상식이라고 하더라도 각자가 생각하는 상식은 다를 수 있는 것이니까 말이다.

그래도 사회 진출한 젊은이들이 이 책의 한 구절을 통하여 사회생활에서 시행착오를 줄일 수 있다면 이 책을 쓴 커다란 보람이다.

젊은 그대, 넓고 멀고 험난한 세상에서 건승하라!

윤 문 원

2
그대는
행동주의자인가?

3

꽃은 햇살이 비치는
쪽을 향해 핀다

4
세상은 넓고 멀고
험난한 전쟁터이다

1

지금은 반역의 시대 잡스처럼 혁명을 선도하라

킬리만자로의
표범

먹이를 찾아 산기슭을 어슬렁거리는

하이에나를 본 일이 있는가?

짐승의 썩은 고기만을 찾아다니는 산기슭의 하이에나

나는 하이에나가 아니라 표범이고 싶다

산정 높이 올라가 굶어서 얼어 죽는 눈 덮인

킬리만자로의 그 표범이고 싶다

조용필이 부른 노래 〈킬리만자로의 표범〉 첫 가사이다. 이 가사는 어니스트 헤밍웨이의 소설 《킬리만자로의 눈》의 유명한 다음과 같은 서두를 소재로 한 것이다.

킬리만자로는 높이 19,710피트, 눈에 뒤덮인 산으로 아프리카 대륙의 최고봉이다. 이 봉우리에는 말라 얼어붙은 한 마리의 표범 시체가 놓여 있다. 도대체 그 높은 곳에서 표범은 무엇을 하고 있었는지 설명해 주는 사람은 한 사람도 없다.

물론 소설이기는 하지만 표범이 산기슭에서 먹이를 구할 수 있는데도 왜 힘들게 눈으로만 덮인 산봉우리까지 가서 먹이를 구하려 했을까? 여기에 도전하면서 자신의 꿈을 끈덕지게 추구해야하는 인생의 교훈이 있다.

그대는 대학입시를 비롯하여 많은 도전을 해왔다. 이제는 다른 차원에서 도전해야 할 수많은 일들이 앞에 놓여있다.

인생은 일종의 모험이다. 모험이라고 해서 힘들고 괴롭고 위험한 것이라고 생각하지 마라. 모험이란 도전을 통해 즐거움을 얻을 수 있는 기회, 무언가를 배울 수 있는 기회, 세상에 대한 시야를 넓히는 기회를 맞이한다. 그리고 종국에는 성공의 열쇠를 거머쥐게 된다.

바람직한 도전을 할 기회가 눈앞에 나타나면 그 기회를 받아들이고 모험을 떠나라. 그 과정에서 일어나는 모든 것들을 즐기고 받아들여라.

주위에 보면 소위 말해 가방끈이 긴 사람은 이것 재고 저것 재면서 '위험을 감수하지 않아도 먹고 살 수 있는데' 하고 선뜻 도전에 나서지 않는다. 비록 가방끈이 짧고 힘든 여건에 있는 사람이 도전 정신을 발휘하여 큰 성공을 거두는 경우가 많다.

또 '이것을 하다가 잘 안 되면 이것을 해야지' 하고 안전판을 의식하면 실패하기 쉽다. 조그마한 어려움이 닥쳐도 자신이 파 놓은 구멍 속으로 도망쳐 버린다. 배수진을 치고 혼신의 힘을 다해 승부를 걸어야 한다.

도전하는 것이 두려운가?

도전을 두려워하면서 피하는 것은 자신의 껍질 속에 스스로 갇혀 있겠다는 것을 의미하며 성공을 포기하겠다는 의미이다. 삶이 그대에게 도전장을 내밀 때 결코 물러서지 마라. 어차피 응해야 할 도전이라면 기꺼이 정면으로 승부하라. 그리고 더 큰 응전으로 그것을 끌어안아라.

하지만 도전의 기회가 올 때마다 무조건 달려드는 것도 바람직하지 않다. 그 역시 융통성 없고 경직된 태도이기 때문이다. 정말로 융통성 있는 사람들은 뛰어들 때와 멈출 때가 언제인지 잘 알고 있다.

사람은 누구나 안전지대를 원하며 현실에 안주하려는 속성을 지니고 있다. 하지만 그대가 안전지대 안에서만 머무르면서 살아가려 한다면 큰 성공을 거둘 수 없을 뿐만 아니라 그곳 역시 영원히 안전할 수 없다.

평생직장의 개념이 없어진지 오래다. 안전지대에 계속 머물려고 해도 머물 수 없는 경우가 생길 수 있다.

삶은 그대가 안주하도록 놔두지 않는다. 운명이 그대의 엉덩이를 세차게 걷어차면서 다음 단계로 나아가라고 도전장을 내밀 수 있다. 이때 안전지대를 벗어나 새로운 것에 도전하는 것은 좁은 울타리에서 벗어나 보다 넓고 큰 세상을 바라보고 계속 배우며 성장할 수 있게 해준다.

인생은 늘 위험으로 가득 차 있다. 세상에서 가장 위험한 일은 위험을 전혀 감수하려 하지 않는 것이다. 과감하게 도전하지 않고 현실에 안주하는 것이 더 큰 위험이다. 위험을 감수해야 성취할 수 있다. 위험을 감수하고 도전하는 것이 큰 성공의 첫걸음이다.

늘 다니던 길을 벗어나 숲속으로 몸을 던져라. 전에 보지 못한 무언가를 발견하게 될 것이다. 익숙한 과거, 안전지대로부터 탈출하여 도전지대로 향하라.

삶이 그대에게 도전장을 내밀 때 결코 물러서지 마라.
어차피 응해야 할 도전이라면 기꺼이 정면으로 승부하라.

그대가 도전할 때 장애물이나 벽이 나타나면 도전과제가 생겼다고 여기고 가슴이 뛰어야 한다. 젊은 그대는 가슴 뛰는 삶을 살아야 한다.

도전이 항상 거창하고 위험천만한 시도를 뜻하지 않는다. 도전의 연습은 간단한 것부터 시작할 수 있다. 그대가 이전에 한 번도 경험해보지 못했던 것, 생각하기만 해도 약간 자극적인 기분을 느낄 수 있는 것들 말이다. 새로운 운동이나 취미 생활을 시작하는 것도 도전과제를 만드는 방법 중 하나다.

그대는 스스로 한계를 설정하고 자신을 억누르면서 살아가서는 안된다. 안전지대 바깥은 위험천만하고 행복하지 못할 거라고 속단해서도 안 된다. 현실에 안주하지 않고 도전과제를 계속 찾고 만들어나가야 한다. 도전과제가 있어야 '가슴 뛰는 삶'을 살 수 있다.

그대 도전하고 또 도전하라.

돈키호테보다
더한 돈키호테가 되어라

그대가 사회에 진출하여 마주하는 업무를 비롯한 여러 일들이 새롭고 낯설지는 않는가?

즐거운 여행도 처음 낯선 곳에 가면 호기심이 발동하기도 하지만 한편으로는 어색하기도 하고 일말의 두려움이 생긴다. 하물며 취직으로 가슴이 부풀기도 하지만 처음 대하는 업무, 층층시하의 많은 임직원들 속에서 두려움이 일어나는 것은 당연한 것이다.

무언가 새롭고 낯선 것은 두렵거나 불편하고 귀찮지만 이를 받아들여서 밀어붙여야 성장할 수 있다. 이제 스스로에게 "익숙하고 편안한 일은 끝났다"고 말하라. 그대는 앞으로 수많은 낯선 것을 대할 때 거부하지 않고 떳떳하게 받아들이면서 맞서는 용기를 발휘해야 한다.

두려움은 모든 사람이 가지고 있는 인간 본성의 한 부분이다. 모두가 두려움을 가진 존재라면 용감한 사람과 겁쟁이의 차이는 무엇일까? 해답은 간단하다. 용감한 사람은 자신의 두려움을 이기고 행동하는 사람이다. 두렵긴 하지만 한 번 해보자라는 마음으로 포기하지 않고 도전하는 사람이다. 겁쟁이는 자신의 두려움이 자신을 삼키고 생각, 감정, 행동을 휘어잡도록 놔두는 사람이다.

용감한 사람의 특질 중 한 가지는 공포감이 들 때마다 정면으로 맞서는 버릇이다. 뭔가 자신을 두렵게 하는 것과 맞서고, 두려움의 대상을 향해 돌진하면 두려움은 사라지고 그 힘은 희미해져 버린다. 그러나 두려움 앞에서 뒷걸음치면 그것은 점점 커져서 결국 삶 전체를 사로잡는다. 그대 두려움을 떨치고 용기를 가지고 전진하라.

인간은 양면을 지니고 있다. 삶을 살아가면서 맞이하는 여러 상황에 대하여 두려움을 느끼면서도 용감하게 맞서고자 하는 용기도 함께 자리하고 있다.

용기는 위기나 변화에 봉착했을 때 솟구치는 에너지이며, 좌절하거나 흔들리지 않는 온전한 의지이다. 의지가 곧은 사람은 단단한 버팀목인 용기에 의지한다. 용기가 없으면 위기나 변화에 당황하고 겁을 먹는다. 용기를 갖춘 사람은 그 의연함에 주변 사람도 안정을 찾는다.

무언가 새롭고 낯선 것은 두렵거나 불편하고 귀찮지만 이를
받아들여서 밀어붙여야 성장할 수 있다.
이제 스스로에게 "익숙하고 편안한 일은 끝났다"고 말하라.

위기에 처하거나 변화에 직면했을 때, 성공을 추구할 때에 용기를 발휘해야 한다. 그러면 일을 가치 있게 해낼 수 있으며 성장과 성취를 이룰 수 있다.

오늘날 심리학자들은 용기를 발휘하지 못하게 만드는 으뜸 요인으로 실패에 대한 두려움을 지적하고 있다. 뭔가 새롭거나 어려운 일을 만나면, "난 안 될 것 같아" 하고 스스로에게 말하기 시작한다. 그러면서 각종 이유를 떠올린다.

"변화에 적응할 수가 없어." "내 능력에는 부치는 일이야." "난 그 일을 할 만큼 창조력이 없어." "내 학벌 가지곤 안 되지."

이처럼 왜 목표를 달성할 수 없는지를 생각해 내기에 바쁘다. 목표를 이루기 위해 필요한 노력을 애초부터 기울이지 않고 그 에너지를 부정하는데 쓰고 만다. 이것은 인생의 법정에 서서 자기 스스로에게 형을 선고하는 재판관을 맡는 격이다.

그대의 능력을 믿고 전진하라

대부분의 사람들은 자신이 용기를 가지고 있다고 생각한다. 하지만 모든 것이 잘 돌아갈 때는 알 수 없으며 위기를 맞이했을 때, 실패했을 때 비로소 자신이 용기를 가지고 있는지 느낄 수 있다. 이때 용기를 발휘해야 빛이 나는 것이며 용기도 더욱 자라나는 것이다.

삶에 용기 있게 맞선다고 해서 성공이 보장되는 건 아니지만 두려움에 굴복해서는 안 된다. 용기도 습관이다. 꾸준히 두려움에 도전하면 두려움의 두께는 점점 얇아지고 용기는 자란다. 두려움을 떨쳐버리고 용기를 길러라.

그대, 때로는 돈키호테보다 더한 돈키호테가 되어라.

나는 나를
찬양하리라

(註 : 시인 월트 휘트먼, 〈나 자신의 노래〉 서두임)

미국의 팝송 가수 머라이어 캐리(Mariah Carey)가 부른 〈Hero(영웅)〉
란 노래의 첫 부분에 이런 가사가 있다.

There's a hero

If you look inside your heart

you don't have to be afraid

of what you are

당신의 마음속을 들여다보면

거기엔 영웅이 있어요

자기 자신 그대로의 모습을

두려워하지 말아요

그대는 이 세상에 한 사람밖에 없는 유일하고 특별한 존재다. 그럼에도 그대가 자신을 비하시키고 있는 한, 어떤 사람도 그대를 특별하게 대하거나 사랑하지 않는다.

그대는 자신이 취직한 직장의 명함을 내밀 때 행여나 망설이지는 않는가? 자신의 명함을 당당히 내밀 수 있어야 한다. 그것이 사회 첫 출발에 있어서 자긍심의 시작이다.

그대는 '나는 동료들보다 출신 학교도 변변치 않고, 외모도 그저 그렇고, 집안 배경도 별로 좋지 않고…' 등등의 이유를 늘어놓으면서 자기를 비하하고 있지는 않는가?

그대는 직장에 근무하면서 자신을 어떤 관점으로 바라보고 있는가? 거대한 직장의 메커니즘 속에서 자신을 부속품처럼 느끼고 있지는 않는가?

직장에 출근하다보면 층층시하에다가 직장의 거대한 메커니즘에 따라 움직이는 것 같아서 자신이 보잘 것 없는 존재라고 느낄 수가 있다. 그렇게 생각하지 마라. 자신이 하고 있는 일에 보람을 느끼고 자신이 있음으로 해서 직장이 순기능적으로 돌아간다는 생각을 가져야 한다. 그대가 자신을 부속품으로 생각한다면 거기에서 어떤 발전이 있겠는가?

그대가 지금 하는 일이 보잘 것 없을 수도 있다. 하지만 그 일을 하는 그대는 보잘 것 없는 일이라고 여겨서는 안 되며 중요한 일이라고 생각해야 한다. 왜냐하면 현재의 상황에서는 지금 하는 일에 많은 것이 달려있기 때문이다.

지금 하는 일이 그대에게 주어진 선물이라고 생각하고 자긍심을 가지고 일단 최선을 다해야 한다.

인생에서 가장 중요한 대상은 바로 '자기 자신'이다. 성공과 행복의 출발점은 건전한 자기이미지이다. 건전한 자기이미지를 가지고 있는 사람은 자신감이 넘치고 항상 자신의 상황에 대하여 긍정적이며 최선을 다한다. 그리고 그 결과에 있어서도 실망하지 않고 받아들이고 다시 도전을 준비한다.

이것은 자신에 대한 믿음과 기대가 다른 어떤 부정적인 상황도 이겨낼 수 있을 만큼 강력하기 때문이다. 건전한 자기이미지가 '잘나가는 청춘'을 향한 행진에서 결정적인 위치를 차지한다. 그러므로 자신에 대한 좋은 점들을 인정하면서 자신을 사랑하라.

'자기사랑'은 '자기비하'의 반대 덕목으로 자신에 대한 믿음과 자기긍정, 자기존중, 책임감을 포함한다. 자신에 대한 사랑은 '나는 너보다 낫다'가 아니라 '나는 나로서 좋다'는 생각을 가지는 것이다.

만약 그대가 자신을 사랑하지 않는다면, 스스로 생각해 낸 자신에 대한 결점과 불건전한 자기이미지를 가지게 된다. 이런 자기이미지로 어떤 가치 있는 일을 수행할 수 있겠는가?

자기를 사랑할수록 자신의 능력에 대한 믿음과 자신감이 커져서 일의 성과는 높아진다. '잘나가는 청춘'이 되기 위해서는 자신의 능력을 믿고 목표 설정, 동기 유발, 긍정적인 사고 등 모든 노력을 기울여야 한다. 항상 깨어있는 의식으로 자신의 모습을 자각하고, 무엇을 하겠다는 결심을 하고 올바르게 행동하는 것이 중요하다.

그대 자신에게 마음의 문을 열어라. 자신의 존재에 대하여 인정하고, 무엇이든 할 수 있는 존재로 바라보라.

사회에 첫걸음을 내디딜 때 자신을 대단하다고 생각하는 사람이 있다. 부푼 꿈에 젖어 자신을 경이로운 존재로 여기는 것이다. 이러한 생각은 현실에 직면하면서 혼란에 빠지게 된다.

자긍심을 가지고 자신의 능력을 믿으라고 해서 현재 자신의 능력을 과대평가하라는 것이 아니다. 아무런 근거도 없이 자신의 능력을 과대평가하는 것은 자만이다. 자긍심은 자만과는 다르다.

자만하는 사람은 스스로를 사랑하는 방식이 비뚤어져 있어서 다른 사람을 깎아내리거나 자신을 과대 포장함으로써 자신감을 얻으려고 한다. 그러므로 자만은 진정한 자기 믿음이 될 수 없다.

자만하고 있는 사람은 스스로에 대한 근거 없는 믿음으로 인해 '흔들리는 청춘'이 되기 쉽다.

　자신에게 철저하게 솔직해져라. 그대 자신에게 이렇게 물어라.

　"내가 가지고 있는 취약한 점이나 주된 단점은 무엇인가? 나만이 가지고 있는 독창적인 재능과 능력은 무엇인가?"

　그리고 이렇게 더 물어라.

　"무엇이 현실인가?"

　있는 그대로의 상황과 상대하라. 있는 그대로 바라보고 인정하는 것에서부터 시작하라. 이런 식이었으면 좋겠다는 상황이 아니라, 모든 것에 '현실 원칙'을 적용하라.

장벽을 배회하거나
피하지 마라

"해 보긴 했어?"

작고한 정주영 현대그룹 창업자가 한 말이다.

그대는 직장상사가 일을 맡길 때 "할 수 있습니다"라고 말하는가?
만약 "자신 없습니다"라고 말한다면 이는 마음속에 자리 잡은 패배의
식에 기인한다. 이것은 실제로 그 일이 불가능하기 때문이 아니라, 지
레 안 된다며 미리 포기해버리는 나약한 심성 때문이다.

그대가 이런 사고를 가지고 있다면 행동은 하지 않고 말로 세상을
살아가는 사람이다. 다시 말하면 도전하고 노력하는 것이 싫기 때문
에 자신감이 없다고 말해버리는 것이다.

그대는 절대로 "자신 없다"는 말을 해서는 안 된다. 주위에서 중요한 일을 시키려고 하거나 도전해볼 만한 일을 발견했을 때에 "자신 없다"는 말로 스스로를 무너뜨리지 마라. 또 한 번이나 두 번 정도 해보고는 안 되는 것이라고 완전히 손을 놓고 포기해서도 안 된다.

자신을 사랑하는 사람은 자신 없다고 말하지 않는다. 자신에게 칭찬과 격려를 통해 새롭게 시작할 용기를 주려는 사람이야말로 진정으로 자신을 사랑하는 사람이다. 건전한 자기이미지의 확립은 곧 건전한 자신감을 갖는 것이다.

그대가 자신감을 가지면 '잘나가는 청춘'이 될 수 있다. 성공을 위한 변화를 일으킬 수 있고, 빠른 속도로 성공을 향해 달려갈 수 있다.

그대의 능력에 주어진 최대의 한계는 마음속에 있다. 자신이 별로 똑똑하지 않고, 자신이 원하는 걸 얻을 만큼 재능도 없고, 창조성도 없다고 생각할지 모르지만 그런 생각은 대부분 아무런 근거도 없는 잘못된 생각이다.

스스로 한계를 지우는 자신에 대한 고정관념에서 벗어나지 못하면 그 관념은 그대를 싸구려로 취급하게 만들며, 정말 할 수 있는 것보다 훨씬 적은 것밖에 할 수 없도록 만든다.

그대에게는 확실히 할 수 있는 일과 할 수 없는 일이 있다. 그러나 할 수 없다고 생각하는 대부분의 일은 스스로 울타리를 세우면서 '할 수 없는' 변명을 만들어내고 있는 것이다.

지금까지 '할 수 없다'라고 생각하고 '하지 않았던 일' 가운데 '할 수 있는 일'이 얼마나 있었는지 생각해보라.

그대 자신에게 한계를 지우지 말고 잠재력을 마음껏 활용하라.

진입 장벽을 뛰어넘는 시작이 장벽 근처를 배회하거나 피하는 것이 아니라 뛰어넘기 좋게 구름판 하나를 준비하는 것이다. 그대는 성공의 벽을 넘기 위한 자신감이라는 구름판을 만들어나가야 한다.

자신감은 그대를 용기 있게 만들어줄 뿐만 아니라 주위 사람들에게도 용기를 심어준다. 물론 실력도 없고 아무런 준비도 없는 상태에서 자신감이 형성되는 것은 아니며 철저히 준비하고 계획한 사람이라야 당당하게 자신감을 드러낼 수 있다.

그대 자신을 자신감을 가질만한 능력 있는 사람으로 가꾸어 나가야 한다. 자신감이 있는 사람과 없는 사람의 차이는 '잘나가는 청춘'과 '흔들리는 청춘'으로 귀결된다.

자신 있는 사람은 다양한 아이디어와 변화에 개방적인 태도를 가지고 있으며 자신의 의견에 도전받는 것을 두려워하거나 기분 나빠하지 않는다. 포용하는 자세로 발전을 위한 논쟁을 즐긴다.

자신감을 키우기 위해서는 먼저 그대가 할 수 있다고 확신하는 일부터 시작해보라. 어떤 것을 이루었을 경우, 곧 거기에서 다른 영역으로 확산 이동하라.

큰 성취가 아니라도 좋다. 작은 성취가 필요하다. 작은 성취를 거두어 나가면 자신에 대한 믿음이 강화되고 경험이 축척되어 큰일도 해낼 수 있다.

그래서 하루라는 단위의 일과를 소홀히 하지 말고 목적의식을 가지고 임해야 한다. 매일 만보 걷기, 작정한 고객들 만나기 등 일상의 작은 부분에서의 성공 경험이 자신감의 시초가 될 수 있다.

그대가 해낼 수 있는 일부터 순서대로 시작하고, 일단 이루고 나면 다음 단계로, 그리고 또 다음 단계로 나아가라. 그 과정에서 그대가 각 단계로 뛰어넘을 때마다 자신감이 생길 것이다.

그대는
미쳐야 한다

신문을 보고 있는데 대학교에서 광고한 카피가 눈에 들어오면서 마음에 와 닿았다.

세상 모든 성공의 이유는 그리 멀리 있지 않다. 미지근함이 아니라 간절함이 서려있을 때, 해도 그만 안 해도 그만이라는 무덤덤함이 아니라 충분히 어떤 일에 미쳐 있을 때 운명은 필히 당신의 손을 번쩍 들어줄 것입니다.

지금 당신은 어떤 것에 미쳐 있습니까? 미친 열정만이 세상에서 최고가 될 수 있습니다.

컴퓨터로 유명한 인텔사에도 'Only the paranoids survive'가 새겨져 있다고 한다. 다른 단어는 알겠는데 'paranoid'는 생소하여 사전을 찾아보니 '편집증 환자, 정신분열증 환자'로 표기되어 있어 무슨 이런 단어를 쓰는가 하고 의아했다.

해석하면 '미친 사람들만이 살아남는다'라는 뜻이다. 여기서는 치열한 경쟁 사회에서 살아남으려면 미칠 정도로 몰두할 것을 채찍질하는 문구다.

한자어에도 이와 마찬가지 의미를 지닌 '불광불급(不狂不及)'이라는 단어가 있다. '미치지 않으면 성취는 불가능하다'는 뜻이다.

'미쳐라'는 것은 정신병자가 되라는 것이 아니라 의미 있는 일에 가슴에 불을 지르면서 몰입하라는 것이다.

젊은 그대여, 젊을 때 열정적으로 미치지 않으면 언제 미치겠는가? 그대 청춘은 불타는 열정이 가슴에 지펴져 가슴이 뜨겁게 뛰어야 한다. 열정의 불꽃을 당기고 강도를 높여라.

열심히 일하고, 열기 있게 생활하고, 뜨겁게 사랑하는 것이다. 열정을 가지고 뜨겁게 살아가라.

그대 직장에서 열정을 다하겠다는 각오는 했는가? 열정을 다할 준비는 되었는가? 열정을 다하고 있는가?

젊은 그대여, 젊을 때 열정적으로 미치지 않으면 언제 미치겠는가? 그대 청춘은 불타는 열정이 가슴에 지펴져 가슴이 뜨겁게 뛰어야 한다.

인생에서 성공하려면 열정이 제공하는 힘이 필요하다. 열정은 꿈을 가진 사람을 도와주는 힘이다. 인생이란 기관차를 움직이는 동력으로서 능동적으로 행동하게 하는 힘이다. 진정한 의미에서 산다는 것은 열정적으로 행동하는 것이다.

무한 경쟁이 펼쳐지는 삶의 전쟁터에서 열정적으로 미친 사람이 난관을 뚫고 변화를 창조하고 주도하면서 남과 다른 차이를 만들어내어 성공할 수 있다. 그대가 무슨 일을 하든, 그 일을 할 때에는 그 일에 미쳐서 그대의 온 존재를 바쳐야 한다. 이런 자세로 온 존재를 바쳐 일해야 성공을 이루어 삶이 행복해진다.

지금 그대 앞에는 무한한 잠재력으로 무한한 가능성이 펼쳐지고 있지 않은가? 그대는 이 세상에서 불가능하다고 여겨져 상상으로만 존재했던 것이 가능으로 바뀌는 모습을 보고 있지 않은가?

열정 없이는 제대로 된 일을 이룰 수 없다. 인간은 잠재력의 고작 5 퍼센트밖에 활용하지 않는다고 한다. 열정으로 그대의 잠재력을 끌어올려야 한다. 그대의 마음과 감정까지 모두 활용한다면 무엇이든 할수 있고, 무엇이든 이룰 수 있고, 어디든 갈 수 있다

자신을 한계에 가두는 생각을 모두 버리고 자신이 가진 잠재력을 열정으로 불태워라.

어떻게 돋보기로
종이를 태우는가?

　그대는 '집중'에 대하여 어떤 생각을 가지고 있는가? 집중에 대하여 아주 고역스러운 작업을 떠올리거나 힘든 공부에 몰두해야 했던 학창 시절과 연관 짓는 것은 아닌가?

　집중에 빠지는 상태가 몰입이다. 그대가 어떤 영화나 연주, 게임의 즐거움에 빠져 자신을 잊었던 적이 있었다면 그때를 생각해보라. 그대 자신이 즐기는 어떤 것에 빠져들면 자연스럽게 집중하게 된다는 사실을 금방 알게 된다.

　단지 목표 지향적이 되어서 그 과정을 힘들어하거나 의무로 여겨 지겨워하면 중도 포기하기 쉽다. 목표를 달성하려면 그 과정을 즐길 줄 알아야 한다. 즐기면서 자연스럽게 집중해야 몰입할 수 있다.

유능한 배우는 자신을 잊고 맡은 인물의 배역에 흠뻑 빠질 수 있는 능력을 가진 사람이다. 그는 연기하는 과정을 고역으로 생각하지 않고 유희처럼 즐기면서 하기 때문에 몰입이 되면서 명연기가 나오는 것이다. 이처럼 그대 자신도 그대가 하는 일을 즐겨야 몰입이 되는 것이다.

그대는 돋보기로 햇빛을 모아 종이를 태워본 적이 있는가? 돋보기를 이리저리 움직이면 햇빛의 힘은 분산되어 아무런 영향력도 발휘하지 못하지만 돋보기로 정확히 빛의 초점을 맞추면 에너지를 모아 그 빛은 불을 일으켜 종이를 태운다. 종이를 태울 수 있는 힘은 집중에서 나오며 레이저 광선처럼 더 강한 빛이 한 초점으로 모아지면 강철도 뚫을 수 있다.

집중 능력이 '잘나가는 청춘'의 자질이다. 성과는 얼마나 오랜 시간 일했느냐가 아니라, 얼마나 에너지를 집중해서 일했느냐에 따라 달라진다. 집중하여 몰입할 때와 마지못해 일할 때의 생산성 차이는 매우 크다. 주의를 분산시키지 않고 몰입하여 일하는 것은 높은 생산성 확보를 위한 핵심 요인이다.

일을 할 때는 어떠한 일이든 한 번에 한 가지 일에 집중하여 전심전력을 쏟아야 한다.

일을 할 때에는 일에, 식사할 때는 식사에, 사람을 만날 때에는 그 만남에, 운동할 때는 운동에, 놀 때는 노는 것에, 책을 읽을 때에는 책의 내용에 집중해야 한다.

'잘나가는 청춘'은 주어진 일에 집중하는 사람이다. '흔들리는 청춘'은 일이 힘들어서가 아니라 집중하지 않는 사람이다.

집중의 본질은 모든 분야를 잘하는 것이 아니다. 모든 분야를 잘하겠다는 것은 아무것도 제대로 하지 않겠다는 것과 같은 의미이다. 특히 전문화되고 특성화된 현대사회에서 여러 분야를 다 잘할 수는 없다. 여러 분야에서 2등을 하기 보다는 한 분야에서 1등을 하는 사람이 훨씬 우대를 받는 시대이다.

여러 분야를 잘할 수 있을 것이라고 생각하면 한 가지도 제대로 하지 못한다. 여러 분야로 능력을 분산하지 말고 한 분야에 더욱 매진하여 최고가 되어라.

'잘나가는 청춘'의 비결은 자신의 능력 한계를 이해하고 에너지와 시간을 집중하는데 있다. 명확하고 일관된 초점 맞추기를 하라.

'Change'의
g를 c로 바꿔보라

(註 : 빌 게이츠, '연설문'에서 인용)

그대가 직장에 근무하는 동안 "그건 언제나 그렇게 해 왔어. 지금 잘 되고 있는데 왜 새로운 방식으로 하려고 하느냐?" 하고 들이대는 사람이 있으면 그 사람과는 가까이 하지 마라. 왜냐고? 이런 사고방식이 전염되면 큰일이기 때문이다. 거기에다 그 사람은 앞으로 회사에서 잘 나갈 가능성이 없는 사람이다. 이런 사람과 가까이해서 그대에게 어떤 발전을 가져오겠는가?

성공을 가로막는 주요한 요인은 자신에게 익숙한 영역에 머물려는 사고와 경향이다. 똑같은 일을 비슷한 방식으로 계속하면서 나아질 것을 기대하는 것만큼 어리석은 일은 없다.

급변하는 시대에 과거 지향적 사고는 곧 도태를 의미한다. 타성에 젖는 것은 미래를 위험하게 만든다. 타성에 젖지 말고 남다른 내일을 만들어라. 잡고 있는 헌 밧줄을 놓고 새 밧줄을 잡아라.

세상의 모든 것은 변한다. '변화란 미래가 우리 생활에 침투하는 과정이다.'(註 : 앨빈 토플러, 《미래 쇼크》에서 인용) 그 변하는 속도는 가공할 정도로 빠르다. 변화는 불가피하고, 예측할 수 없으며 멈추지 않는다. 지금 이 순간도 그대가 보지 못하는 곳, 느끼지 못하는 부분에서 변화는 끊임없이 일어나고 있다.

이제는 기존의 방식 고수가 통하지 않는 세상이다. 끊임없는 변신, 혁신을 요구하는 시대다. 즉, 변화에 민감하게 반응하고 스스로 자신을 혁신시키는 적응력이 필요한 시대가 된 것이다.

"나무는 꽃을 버려야 열매를 맺고, 강물은 강을 버려야 바다에 이른다. 스스로 '꽃'과 '강'이라는 현실에 안주하지 말고 더 넓은 세계로 나아가기 위해 노력하라."

정몽구 현대자동차그룹 회장이 한 말이다. 인간은 누구나 자신의 생각이나 지금까지 살아오면서 자신에게 익숙해진 행동방식을 선호하는 경향이 강하다. 심리학자들은 이를 '안주지대(Comfort Zone)'라고 부른다.

그대가 일상생활에서 편안한 안주지대를 선호하는 것은 당연할 수 있다. 하지만 급변하는 상황이 벌어지는 직장에서 안주지대를 추구하는 것은 치명적인 해가 될 것이다. 머무는 순간 낡은 것이 된다. 미래가 손짓하는 곳으로 가기 위해서 안주지대를 선호하거나 머물지 말고 툭툭 털고 일어나야 한다.

그대가 '안주지대'라는 요람에 머무는 한 결코 '잘나가는 청춘'이 될 수 없다. 안주지대의 유혹으로부터 벗어나기 위해서는 그대 주변에서 일어나는 변화의 양상을 면밀히 살피고 선제적으로 변화에 대처하는 것이다.

하지만 변화는 따라잡기가 무척 힘든 대상이다. 변화를 미리 정확히 예측하고 선제적으로 변화한다는 것은 이론적으로야 가능하지만 실제적으로 미리 대응하기란 사실상 불가능하다. 그러므로 변화를 따라잡는다는 것은 그림자를 따라잡는 것과 같다. 그림자밟기 게임처럼 쫓아가는 만큼 그림자는 항상 앞서간다. 그 그림자를 밟겠다고 쫓다보면 지치고 만다.

그대에게 닥치고, 요구되는 변화에 대하여 "변화야 올 테면 와라. 같이 놀자"하고 즐기면서 놀아야 한다. 그러려면 그대 자신의 느낌과 감성, 감각을 자유롭게 해서 변화의 거대한 파도를 즐겁게 타야 한다. 열린 마음을 가지고 사안을 바라보아야 하며 기존 방식이 아닌 새로운 방식 적용에도 과감한 자세를 취해야 한다.

안주지대에서 벗어나 '낯섦'과 적절히 섞여야 한다. 그래야 그 낯섦이 기존의 것에 머물거나 안주하지 않도록 하는 변화의 자극제가 된다.

"변화를 주도하지 못하는 까닭은 한층 빨라진 변화의 속도와 더욱 광범위해진 변화의 폭에 비해 행동은 더디고, 상상력이 부족하기 때문이다."

구본무 LG그룹 회장이 한 말이다. 변화하는 것도 중요하지만 변화의 속도가 더욱 중요하다. 세상이 그대에게 요구하는 변화의 속도에 적응하지 못하면 '흔들리는 청춘'이 될 수밖에 없다. 변화의 속도에 신속하게 대처하기 위해서는 처한 상황을 새롭고 냉철한 시각으로 바라보고 분석하여 행동에 임해야 한다.

속도보다 더 중요한 것은 방향이다. 아무리 발 빠르게 변화했다고 하더라도 제대로 된 변화여야지 엉뚱하게 변했으면 변화하지 않은 것보다 못할 수도 있다. 신속하게 제대로 변화해야 한다.

변화는 변수가 아니라 상수로 모든 사물과 상황이 계속 변화하고 있다. 변화를 일상의 원리로 받아들이라. 변화를 두려워하지 말고 생각의 프레임을 바꾸어 '설레임'으로 받아들여 자기발전, 자기성취, 자기혁명을 이루는 계기로 삼아야 한다.

변화는 구호가 아니라 실천이다. 'Change(변화)'의 g를 c로 바꿔보라. 'Chance(기회)'가 된다. 변화 속에 반드시 기회가 숨어있다. 변화 속에 기회를 잡기 위해서는 낡은 사고와 습관과 방식을 버리고 새로움을 채택해야 한다.

그대는 지속적으로 변화에 능동적으로 대처하면서 아름다운 미래를 맞이하라.

잡스처럼
혁명을 선도하라

'새는 알을 깨고 나온다. 알은 새의 세계다. 태어나려는 자는 하나의 세계를 파괴해야만 한다. 하나의 세계를 파괴하지 않으면 새로운 세계로 나갈 수 없다. 알을 깨고 나온 새는 신을 향해 날아간다.'

헤르만 헤세의 소설 《데미안》에 나오는 말이다. 알은 스스로 깨고 나와야 생명이 있는 새가 되지만, 남이 알을 깨면 먹잇감이 되고 마는 것이다.

창조를 원하는 자는 기존 질서를 깨야한다. 그 파괴는 창조를 위한 파괴여야 한다. 파괴할 용기가 없으면 창조는 있을 수 없다.

그대 창조적인 파괴를 하고 비상하라.

"'여기까지가 혁신의 끝이다'고 하면 그것이 곧 발전의 한계가 되고 만다. 혁신은 끊임없이 더 높은 목표를 추구해야 하는 종착역 없는 여정이다."

구자경 LG 명예회장이 한 말이다. 혁신(革新)의 혁(革)은 갓 벗겨낸 가죽(皮)을 무두질해 새롭게 만든 가죽(革)을 말하는 것이다. 혁신은 가죽을 벗기는 고통으로 새로움을 창출한다는 뜻처럼 기존의 자원에 새로운 능력을 부여하는 활동이다. 혁신은 경쟁 우위를 창출하고 위기 돌파력을 갖추기 위해 기존의 것을 바꾸거나 고쳐 면모를 일신시키는 것이다.

미래는 예측이 아니라 창조하는 것이다. 미래의 주도권을 위해서는 스스로 무너뜨릴 줄 알아야 한다. 한창 잘 나갈 때가 파괴할 시점일 수 있다. 훌륭한 내일을 창조하기 위해서는 오늘의 안정된 상태를 주체적이며 의도적으로 파괴할 수 있어야 한다. 사회적 통념을 떠나 다른 길로 가야 틈새를 찾을 수도 있다.

내일을 창조하려는 사람들, 즉 오늘을 스스로 파괴하는 사람들이 미래의 주인공이 된다. 때로는 물살을 거슬러 헤엄쳐가라. 창조를 통해 파괴하라, 그렇지 않으면 도태될 것이다.

혁신(Innovation)에는 리스크가 따르지만 혁신을 행하지 않으면 리스크가 더 크다. 혁신은 리스크를 확실하게 하고, 최소화시킨다. 혁신을 멈춘다는 것은 쇠퇴를 뜻한다.

내일을 창조하려는 사람들, 즉 오늘을 스스로 파괴하는 사람들이 미래의 주인공이 된다. 때로는 물살을 거슬러 헤엄쳐가라. 창조를 통해 파괴하라.

혁신은 번뜩이는 천재성의 결과가 아니라 고된 작업이다. 지속적으로 혁신을 추구해야 진정한 강자가 될 수 있으므로 혁신이 계속되어야 함을 엄숙히 받아들여라.

20세기는 점진적인 경쟁 전략이 이끌어 갔지만 불확실성이 지배하는 21세기에는 경쟁의 룰(rule)을 바꾸는 혁명적인 전략만이 의미가 있다. 점진적인 상황에서는 미래를 예측하면 이기지만, 불확실성이 지배하는 상황에서는 미래를 자기에게 유리하게 만들어가는 사람이 이긴다.

'21세기에는 성실한 꿀벌의 능력은 도태되고 창의적인 게릴라가 성공할 것이다.' (註 : 게리 해멀, 《꿀벌과 게릴라》에서 인용) 이에 걸맞은 행동원칙으로 틀에 박힌 성실함을 버리고 '창의적인 괴짜'가 되어야 한다. 그대는 새로운 시대, 바로 혁명의 시대에 서있는 사람이다.

약해지지 마라, 주저하지 마라, 혁명을 선도하라.

지금은
반역의 시대

세계적인 IT 천재 스티브 잡스가 세상을 떠났다. 애도의 물결이 전 세계로 번지면서 인간의 천재성이 발휘하는 창조 행위가 인류 사회에 미치는 영향이 어느 정도인가를 똑똑히 보여주었다.

스마트폰이 얼마나 상상을 초월할 정도로 편리하며 세상을 뒤바꿔 놓고 있는지 잘 알고 있을 것이다. 이 스마트폰은 창의성으로 똘똘 무장한 스티브 잡스가 없었다면 이렇게 빨리 출현될 수 없었을 것이다.

현재 우리가 누리고 있는 모든 문명은 상상의 산물이다. 자동차, 선박, 비행기, 첨단무기, 인공위성 등 대단한 발명들도 처음 그 씨앗은 작은 공상에서 비롯되었다. 그러나 이렇게 작은 공상에서 시작된 상상의 씨앗은 인류의 삶을 획기적으로 변화시키고 발전시켜왔다.

불가능이 입증되기 전에는 모든 것이 가능하다. 어제의 불가능이 오늘의 가능성이 되며, 전 세기의 공상이 오늘의 현실로써 우리들의 눈앞에 출현하고 펼쳐지고 있다.

꿈은 창조다. 실로 무서운 것은 인간의 창의성이다.
꿈은 가능하다는 것을 전제로 해야 한다. 어떤 꿈이든 언젠가 현실이 될 수 있기 때문이다. 우리 주변에 있는 모든 것은 꿈에서 시작돼 현실이 된 것이다.

현대사회는 창의성이 요구되는 '반역의 시대'다.
세상 사람들이 모두 옳다고 하는 것이 언제나 옳은 것은 아니며, 남들이 모두 가는 길이 언제나 바른 길은 아니라는 생각이 상상력의 원천이며 위대한 창조를 잉태한다.
창의성은 대중과 다른 길을 걷는 '반동(反動)의 축복'이다.
창조를 하려면 스스로 기존의 생각과 사고를 깨야한다. 생각의 경계를 없애고 발상의 전환 정도가 아니라 발상을 파괴해야 한다.

명품 가방은 왜 일반 가방보다 엄청나게 비쌀까? 물건을 넣고 들고 다니는 기능에는 아무런 차이가 없는데도 말이다. 이것은 창의적인 디자인의 결과다.

현대사회는 창의성이 요구되는 '반역의 시대'다. 세상 사람들
이 모두 옳다고 하는 것이 언제나 옳은 것은 아니며, 남들이
모두 가는 길이 언제나 바른 길은 아니라는 생각이 상상력의
원천이며 위대한 창조를 잉태한다.

명품뿐만이 아니라 흔히 먹는 자장면이나 설렁탕도 그 음식점만의 특징이 있어야 장사가 잘 된다. 하물며 사람인 그대는 자신만의 '다름'을 가지고 있어야 한다. 자신만이 가지고 있는 독창성, 창의성인 '다름'을 발휘하지 못하면 그저 그런 인생이 되고 만다.

'차이가 곧 가치(The difference is the value)'다. 지식이 많다고 하여 두각을 나타내는 것이 아니라 '창의적인 괴짜'가 인재이며 창의성 분야에는 '학력, 경력 다 필요 없어'다.

창의성은 '아이디어의 디자인' 결과다. 아이디어는 미래를 여는 열쇠다. 성공을 향한 열쇠는 창의적인 아이디어다.

그대는 적시에 적절한 아이디어와 만날 가능성을 최대한 높여야 한다. 새로운 정보와 아이디어가 빗발치는 한가운데를 과감히 뚫고 들어가야 한다.

그대의 아이디어 하나가 그대의 삶과 회사를 비약적으로 발전시키는 기회를 가져다 줄 수 있다. 부와 행운을 만들기 시작하는 데는 기발한 아이디어 하나만으로도 충분하다.

창의적인 발명 하나가 어마어마한 부를 창출한다. 역사에 남을 발명품일 경우도 있지만 꼭 대단한 발명일 필요도 없다. 소프트웨어 프로그램, 영화, 음악, 미술, 소설뿐만 아니라 우리가 흔히 접하는 것에서도 창의성이 발휘되는 분야가 많다.

창의성이라고 해서 대단한 발명품만 생각하지 마라. '무엇을 만들어야 하는가? 무엇을 개선해야 하는가?'를 상상하는 것만으로도 창의성이다.

현재 되어 있거나 하고 있는 일을 좀 더 나은 방향으로 바꾸어 보는 것도 창의성이다. 간단한 아이디어나 업무 개선, 심지어 책상 배치 바꾸기, 복사지 절약 방법 등 우리 주변에는 창의성을 발휘할 수 있는 부분이 널려 있다.

그대, 아이디어 발전소가 되어라.

이제 '지식 경제'가 아니라 '창조 경제(creative economy)'의 시대에서 각 경제 단계마다 요구하는 덕목이 다르다. 예전 산업화 시대 때의 덕목은 열심히 일하는 '부지런함'이었다. 그 후 지식 경제 시대의 덕목은 '전문성(expertise)'이었다.

하지만 창조 경제 시대의 덕목은 첫째는 창의성이다. 완전히 다른 업계, 다른 소재에서 아이디어를 얻는 능력이다.

둘째는 주도력이다. 머릿속의 아이디어를 현실에서 시작하고 집행해가는 능력이다.

셋째는 열정이다. 세상에서 가능한 것, 불가능한 것을 가리지 않고 미친 듯이 도전하는 감성이다.

"창의성을 갖기 위해서는 자신에게 솔직할 줄 알아야 한다. 정말 좋은 아이디어는 스스로에게 질문할 때 튀어나온다. '내가 뭘 원하지? 나라면 뭘 만들까?'라고 생각해야 제대로 상상력이 돈다."

(註 : 금융계의 혁신가로 꼽히는 정태영 현대카드·현대캐피털 사장의 트위터에서 인용)

독창적이고 창조적인 사람이 되기 위한 시작은 욕구를 가지고 흥미를 느끼는 것이다. 그 흥미가 한 분야에 집중되면 관심을 보이거나 관찰을 하게 되고 이것을 체계화 시키면 연구가 되는 것이다. 이런 연구를 통해 인류 발전에 기여하는 창의적인 작품이 나오는 것이다.

창의력은 근육과 같아서 부지런히 사용해야 더욱더 길러진다. 창의력을 연마하면 할수록 더욱더 창의적인 사람이 될 수 있다.

창의성을 기르기 위해서는 평소 다음과 같은 생각을 해야 한다.

• 익숙함 탈피

창의적 아이디어를 위해 두려워해야할 것은 낯선 것이 아닌 익숙한 것이다. 익숙한 것에 머물러 있는 동안은 혁신적인 아이디어가 자라지 않는다.

• 상상력

상상력은 창조력의 시작이다. 상상하는 것은 무엇이든 창조할 수 있다. 상상할 수 없다고 생각하는 것마저 상상하라.

- **고정관념 깨기**

사물을 바라볼 때 고정관념을 뛰어넘어 새로운 시각으로 바라보아야 한다.

- **호기심**

창조성은 호기심을 가지고 그냥 넘기지 않는 마음가짐에서 비롯된다.

- **창조적 역발상**

생각을 비틀거나, 거꾸로 세워서 전례를 흉내 내지 않아야 '전대미문'이 탄생된다.

- **문화 마인드**

문화는 창조적 행위의 결과물이다. 문화적인 소양을 기르는 것은 창의성을 기르는 첩경이다.

'보이지 않는 부'를
주목하라

이 시대 최고의 성공 스토리를 쓴 빌 게이츠는 20세인 1975년에 마이크로소프트를, 스티브 잡스는 21세인 1976년 애플을, 마크 주크버그는 21세인 2004년 페이스북을 창업하여 세계적인 기업으로 키웠다. 이들은 두뇌를 밑천으로 창업하여 인류의 생활을 변혁시키고 있으며 세계적인 자수성가형 억만장자가 되었다. 그 원동력은 오직 창의적인 브레인 파워였다.

현대사회를 브레인 파워의 시대 즉 지식사회라고 말한다. 지식이 사회를 지배하고 지식은 곧 권력이 된다. 지식이 가장 근본적인 가치의 원천으로 지식을 창출·관리·활용하는 능력이 곧바로 경쟁력으로 이어진다.

지식이란 무엇을 해야 하고, 또 왜 하는지에 대한 이론적 패러다임이다. 기술은 '어떻게 해야 하는가?', 즉 방법을 말한다. 지식과 기술은 성공의 열쇠이다. 정확한 정보와 지식을 가지고 그대가 하는 일에 적용하면 할수록 '잘나가는 청춘'이 될 가능성은 점점 더 높아질 것이다. 특별한 지식을 가지고 있거나 특별한 기술을 알고 있다는 것은 그대의 성공에 날개를 달아준다. 권력, 지위, 영향력, 권위는 자신의 지식을 가장 효과적으로 쓰는 사람에게 물 흐르듯 돌아간다.

그대가 꾸준히 노력만 한다면 지식을 쌓거나 발전하는 데는 결코 한계가 없다. 따라서 그대가 '잘나가는 청춘'이 되는 데에도 한계는 없다. 모든 것은 그대에게 달렸다.

그대, 지식의 획득과 축적을 위해 노력을 기울여라.

현재의 지식기반사회에서는 지식이 전통적인 생산요소인 노동, 자본, 토지와 같은 수준의 또 다른 자원이 아니라 유일한 의미 있는 자원이다. 지식은 새로운 방식으로 결합할 때 새로운 시너지로 나타난다. 이전에 관련이 없던 아이디어와 데이터 그리고 정보와 지식을 새로운 방식으로 결합하려면 상상력과 창의력이 필수적이다.

부의 미래를 형성하게 될 가장 강력하고 매혹적인 심층기반 중의 하나는 지식이다.

'보이는 부(Visible Wealth)'만이 아니라 '보이지 않는 부(Invisible Wealth)'를 주목하라. (註 : 앨빈 토플러, 《부의 미래》에서 인용) 부의 심층기반인 지식은 상상력과 창의력의 날개를 달고 사회 경제적 환경을 빠르게 변화시키고 있는 것이다. 특허 기술을 비롯한 무형의 지식재산이 이윤 창출의 주요 원천으로 부각되고 있다.

상상력과 융합된 지식의 가치는 폭발적이며 무궁무진하다. 그래서 상상력과 융합된 지식은 미래 경제의 석유에 비견될 만하다. 하지만 석유와 지식의 근본적인 차이점은 무엇보다 석유는 쓸수록 줄어들지만 지식은 사용할수록 더 많이 창조된다는 것이다.

더 많이 벌려면 더 많이 배워라. 현재의 지식기반사회는 다른 사람보다 지식이 넓어야 고액의 수입을 올릴 수 있다. 그대의 소득 수준을 높이고 싶다면, 그대의 지적 자산의 수준을 높여야 한다.

지적 자산을 그대의 머리나 손에 넣었다면 이를 현장에서 활용될 수 있는 실천적인 지식으로 만들어야 한다. 사전에 실천적인 지식인지의 여부는 확인할 수 없다. 다양한 방법으로 일에 적용시켜 피드백을 얻어 보아야 한다. 그래야 살아있는 지식이 된다. 지식은 어떠한 목적에 활용되지 않는다면 가치가 없다.

브레인 파워의 시대인 현대사회에서 끊임없이 지식을 활용하여 부를 창출하라.

부의 미래를 형성하게 될 가장 강력하고 매혹적인 심층기반 중의 하나는 지식이다. '보이는 부(Visible Wealth)'만이 아니라 '보이지 않는 부(Invisible Wealth)'를 주목하라.

새로운 지식과 정보가 끊임없이 쏟아지는 오늘날에 과거의 지식을 고수한다는 것은 곧 경쟁에서 도태됨을 의미한다. 가지고 있는 지식보다는 배울 수 있는 능력과 배우고자 하는 의지가 경쟁력의 척도이다.

사람의 능력과 가치, 재능도 시간에 따라 감가상각 된다. 지금 능력이 출중하다고 해서 앞으로도 핵심인재로 남아있다는 보장은 없다. '잘나가는 청춘'을 유지하려면 더 많이 배워야 하고 지속적으로 배워야한다. 평생학습은 행복한 삶, 성공적인 인생과 긴밀한 상관관계가 있다. 스스로 세운 목표를 이루기 위해 필요한 것 중에서 배울 수 없는 것은 없다.

그대가 '잘나가는 청춘'이 되고 싶다면 시대에 부응하는 새로운 지식, 기술, 정보, 아이디어 등을 배워라. 어떻게 이를 실천할 수 있을까?

- 일간신문을 꼼꼼히 읽고 경제신문, 영자신문도 읽어라.
- 수입 중 3퍼센트를 자기계발에 투자하라.
- 종사하는 분야의 지식과 기술을 기간을 정해 습득하라.
- 책을 가까이 하겠다는 각오를 하라.
- 온라인 교육을 활용하라.
- 운전이나 운동 중에 교육방송이나 테이프를 청취하라.
- 강좌와 세미나 등 사회교육 프로그램에 참가하라.
- 전시회, 전람회, 음악회 등 문화 프로그램에 참가하라.

'우물 안 개구리'가
되지 마라

"디지털 시대에 첫 번째 성패 요인은 정보관리 능력이다. 쏟아지는 정보를 빠르고 정확하게 처리하는 것에서 승부가 난다."(註 : 빌 게이츠, '어록'에서 인용)

현대사회는 정보화 사회이다. 다른 어떤 부분보다 많은 인력이 정보의 생산과 처리 과정에 종사하고 있다. 일상생활에서 정보화기기를 활용하지 못하면 문맹이나 다름없는 세상이 되었다.

정보화기기의 발달로 정보 전달 속도가 광속보다 더 빨라지고 있으며 생활 전반에 혁명적인 변화의 물결을 일으키고 있다. 스마트폰과 SNS는 정보혁명을 촉발시키고 있으며 이미 컴퓨터는 생활양식, 가치관, 경제 패러다임을 급속히 변화시키고 있다.

새로운 개념의 '웹(Web) 생활양식'이 폭넓게 보급되었으며 이와 같은 정보화 사회의 변화 속도에 적응하지 못하면 미아(迷兒)가 될 수밖에 없다.

정보는 그대가 어떻게 세상을 보는가와 밀접한 관계가 있다. 정보의 지평을 넓힌다는 것은 더 넓은 세상과 마주한다는 것을 뜻한다.

'우물 안 개구리'가 되지 않고 자신의 경쟁력을 높이기 위해서는 정보에 관심을 기울여야 한다. 그렇다고 끊임없이 무턱대고 정보에 매달리라는 말은 아니며 필요한 만큼 읽고, 듣고 대화를 통해 세상이 돌아가는 상황을 알고 있어야 한다.

성공하는 사람은 틀 속에 갇혀 자신의 생각에만 매달리지 않으며 바깥 환경에 대하여 어떻게 돌아가는지 파악하고 동참하려고 노력한다. 자신의 일과 관련된 세상의 흐름, 세상의 이슈, 과학기술, 유행하는 문화까지 파악하고 있다.

그대가 성공하는 인생을 살려면 세상과 밀접한 연관을 맺고 세상이 돌아가는 상황을 파악하고 있어야 한다. 자신이 하고자 하는 일과 관계되는 정보 획득을 꾸준히 해야 한다. 정보가 경쟁력이고 '잘나가는 청춘'의 관건이다. 정확한 정보를 더 많이 가지고 있을수록 보다 질 높은 결정을 내릴 수 있고, 성공할 가능성이 높아진다.

사소하고 예상치 못한 정보라도 어떤 경우에는 현재의 상황을 즉시 개선해 주며 일하는 방식 자체를 완전히 바꿔 놓을 수도 있다.

작은 정보 하나가 '잘나가는 청춘'의 단초가 될 수 있다. 정보가 재산이다. 어떻게 하면 정보를 잘 처리할 수 있을까?

- **충분히 수집하라**

정보는 가능한 한 정확한 정보를 충분히 수집하는 것이 좋다. 그러려면 여러 사람이 여러 채널을 통해 정보를 수집해야 한다. 그래야 같은 사안에 대한 정보의 경우에는 상호 체크가 되므로 정보의 왜곡을 막을 수 있다. 평소에도 정보를 수집하고 분석하는 마인드를 가지고 있어야 한다.

- **정보의 옥석을 가려라**

수집된 정보가 누군가에 의해 걸러져서 왜곡되어 있는지, 신뢰할만한 정보인지 옥석을 가려야 한다. 정보 제공자가 정보 내용과 어떤 이해관계를 가지고 정보를 제공함으로써 정보를 들은 사람들의 의사 결정에 영향을 미치려고 하는 것은 아닌지 면밀히 검토해야 한다. 정보 제공자와 정보와의 관계, 정보 제공자의 수준, 획득 과정 등도 파악해야 한다.

진실은 대부분 눈으로 보는 것이며 귀로 들은 경우는 드물다. 귀는 진실의 곁문이고 거짓이 들어서는 대문이기 때문이다. 진실이 왜곡되지 않고 순수하게 다다르는 적은 별로 없다.

진실은 우리에게 오는 동안 감정의 혼합물과 섞인다. 감정은 손에 닿는 모든 것을 자신의 색으로 칠하여 어떤 인상을 심어주려고 한다. 정보를 전해들을 때에는 전달하는 자의 의도를 파악해야 한다.

거짓은 앞서 오고 뒤따르는 진실은 주목받지 못하는 법이다. 어떤 사람은 처음 정보만을 믿고 다음 정보를 소홀히 대한다. 그대는 첫 정보로 분별력과 판단력을 잃어서는 안 되며, 항상 두 번째, 세 번째의 정보를 들을 준비를 해야 한다.

상대가 이야기를 할 때에 모르는 체하여 계속 이야기하게 하라. 그대가 알고 있는 일도 더 구체적으로 알 수 있으며, 정말로 몰랐던 정보를 완벽하게 들을 수도 있다.

귀를 곤두세우거나, 직접 질문하는 것은 현명한 방법이 아니다. 그렇게 하면 상대는 경계 자세를 취할 것이다. 때로는 모든 것을 알고 있는 척하는 것도 효과적이다. 알고 있는 줄 알고 정보의 보따리를 풀어 놓을 수도 있다.

'잘나가는 청춘'이 되기 위해서는 직장상사의 지시를 잘 받고 보고 잘하는 것은 기본이다. 보고를 할 때의 원칙은 본 것은 본대로 보고하고 들은 것은 들은 대로 보고하는 것이다. 본 것과 들은 것, 그리고 자신의 판단을 구별해서 보고해야 한다.

지식과 정보를
뛰어넘어라

그대는 지혜가 있는 사람이라고 생각하는가? 그대는 지식과 지혜를 혼동하고 있지는 않는가?

지혜는 삶의 길을 밝혀주는 등불로 사물의 이치를 깨닫고 처리하는 정신적 능력이다. 지혜는 인생의 난관을 슬기롭게 헤쳐 나가게 해주며 삶에 깊이와 안정을 가져다준다.

그대가 얻는 정보와 지식을 뛰어넘어 그것을 어떤 의미 있는 것으로 재조합시켜 지혜로 만들어가야 한다. 지혜는 정보와 지식만 있다고 해서 얻어지지 않으며 스스로의 생각을 정제하는 과정을 거쳐야만 얻을 수 있다.

생각해보라. 이 세상에는 정보와 지식을 엄청나게 가진 사람들이 많지만 그들 모두가 지혜롭지는 않다. 지혜를 가진 사람은 정보와 지식에 집착하는 사람이 아니라, 그것을 통해서 생각할 거리들을 얻어내고 현실을 통해 재확인해보는 사람들이다.

지혜는 사용되어야 한다. 지혜를 가진 것만으로는 소용없다. 머릿속에 아무리 지혜를 가지고 있다고 하더라도 현실에서 문제를 해결하는 데 사용되지 않는다면 소용없는 일이다. 게다가 세상은 변한다. 어제의 지혜가 오늘은 폐기되어야 하는 경우도 얼마든지 있다.

변화하는 세상에는 거기에 적용될 수 있는 지혜로 계발되고 변화되어야 한다. 지혜는 현실을 통해 재확인되고 검증되고 혹은 수정되고 변화되면서 새로운 지혜로 업그레이드되어야 한다. 그래야 살아 있는 지혜이다.

성찰능력은 자기 자신을 인식하고 자기감정의 범위와 종류를 구별하여 잘 조절하며 이를 통해 자신과 관련된 문제를 잘 풀어내는데 필요한 능력이다.

성찰능력이 높은 사람은 강한 의지와 독립성을 가지고 있으며 자신에 대한 깊은 반성을 수시로 한다. 또한 자신의 생각과 감정을 성숙하게 조절하고 표현할 수 있는 능력이 있다.

통찰능력은 남보다 앞선 연구와 사색으로 앞으로 다가올 일이나 결과에 대해 정확히 예측할 수 있는 능력이다. 그대 자신의 성공이나 행복에 관한 통찰능력을 키우기 위해서는 먼저 자기 자신을 냉정하게 객관적으로 보는 성찰능력을 갖추고 있어야 한다.

성찰능력과 통찰능력은 매순간 선택과 의사 결정을 요구받고 있는 현대사회에서 필수불가결한 능력이다. 날마다 변화무쌍하게 돌아가는 현대사회에서, 또한 치열한 경쟁 속에서 매순간 활로를 모색해야 하는 숨 가쁜 현장에서 절실히 요구되는 힘인 것이다.

항상 냉정한 자세로 자신에 대한 성찰능력을 갖추어라. '견(見)'하지 말고 '관(觀)'해야 한다. 시야를 넓혀서, 사안의 표면만 보지 말고 거기에 깔려있는 내면의 의미를 꿰뚫어 보는 통찰능력도 갖추어라.

인간의 내면 깊숙한 곳에는 지혜의 원천인 '직관'이 있다.

그대는 사소한 일부터 인생의 행로를 바꿔 놓을 만큼 중요한 문제까지 평생 수천, 수만 가지 결정을 내리며 살아간다. 이때마다 올바른 선택, 좋은 결과를 얻기 위해서 객관적이고 과학적인 근거에 의한 의사 결정을 내리면 좋겠지만, 근거가 마련되지 않을 경우가 많으며, 심지어는 그 근거가 전혀 통하지 않는 경우도 비일비재하다.

누구도 예상하거나 생각해내지 못한 결정으로 커다란 프로젝트를 성사시키는 사람을 보고 단순히 운이 좋은 사람이라고만 말 할 수 없다. 그는 무엇을 해야 할 것인가에 대한 직관을 개발해 온 사람이다. 그는 자신의 직관으로, 가시적인 것을 뛰어넘어 참신하고 혁명적인 가능성을 손에 쥔 사람이다. 그의 직관은 그가 알 필요가 있다고 생각하는 지혜와 지식을 제공해 주어, 언제 어떻게 이용해야 하는지도 가르쳐 준다.

아이디어를 떠올리고 결정을 내릴 수 있는 직관 능력을 키우기 위해서는 오랜 기간 동안 마음속에서 창의적인 수많은 생각을 되새김하는 과정을 거쳐야 함을 명심하라.

총명(聰明)이
불여둔필(不如鈍筆)이다

언젠가 아인슈타인과 인터뷰하던 기자가 집 전화번호를 물었다. 그러자 아인슈타인은 주머니에서 수첩을 꺼내어 자신의 집 전화번호를 찾았다.

기자가 깜짝 놀라서 "설마, 댁 전화번호를 기억하지 못하는 건 아니시죠?" 하고 물었더니 아인슈타인은 "집 전화번호 같은 건 잘 기억을 안 합니다. 적어두면 쉽게 찾을 수 있는 걸 무엇 하러 머릿속에 기억해야 합니까?"라고 대답했다고 한다.

현대사회는 아인슈타인과 마찬가지로 '얼마나 많이 기억하고 알고 있는가?'가 아니라 '얼마나 많이 창조할 수 있는가?'가 중요하다.

'잘나가는 청춘'이 되기 위해서는 무엇인가를 기억하기 위해 고민할 것이 아니라 무엇인가를 창조하기 위해 노력해야 한다.

'레오나르도 다 빈치의 노트'는 유명하다. 그는 찰나를 스치는 아이디어나 관찰을 기록하기 위해 늘 노트를 갖고 다녔다. 미처 정리되지 않았더라도 순간순간의 생각과 느낌들을 기록해 놓으면 이것이 자산이 된다. 500년 전 기록된 레오나르도 다 빈치의 노트에서 오늘날에도 활용되는 수많은 아이디어와 창의성이 발견되었듯이 말이다.

현재의 지식정보사회에서 정보와 지식이 삶의 필수 에너지로 작용한다. 매일 수많은 정보와 지식을 입력하고 처리하면서 의사를 결정하고 그에 따라 행동하지만 그 수많은 정보와 지식을 기록하지 않으면 마냥 기억할 수 없어 내 것이라고 할 수 없다.

현대인이 정보 전쟁에서 승리하는 비결은 간단하다. 남보다 두뇌를 활성화시키는 것이다. 두뇌를 잘 활용하려면 두뇌를 기억과 저장 기능으로 쓰지 말고 창조적으로 써야 한다. 일상에서 떠오르는 생각들을 메모하는 습관으로 귀중한 아이디어를 놓치지 말아야 한다.

가장 생산성이 높은 사람들은 펜을 손에 잡고 생각한다. 성공한 사람들의 공통점은 '메모광'이라는 점이다. 한마디로 손이 부지런한 사람이 성공한다. 대뇌 과학자들은 '손은 제2의 뇌' 또는 '손은 밖에 나와 있는 뇌'라고 표현한다.

메모는 그대를 자유롭게 한다. 기억을 지배하는 것은 기록이다.

"총명(聰明)이 불여둔필(不如鈍筆)"이란 말이 있다. 뛰어난 기억력이 서투른 기록보다 못하다는 뜻이다. 메모는 잊지 않기 위해서가 아니라 잊기 위해서 하는 것이다. 기록하고 잊어라. 안심하고 잊을 수 있는 기쁨을 만끽하면서 항상 머리를 창의적으로 써야 한다.

기록은 정확한 사람을 만든다. 해야 할 일을 기록해 놓으면 심리적으로 실천을 강요당하게 하여 성취하게 만든다. 단 한 줄의 번뜩이는 아이디어의 기록이 그대의 인생을 바꾸어 놓을 수도 있다. 기록하는 습관을 가져야 한다. 그대의 아이디어와 해야 할 일과 일을 통한 분석과 교훈을 기록하라.

어떻게 하면 메모를 잘 할 수 있을까?

• 즉시 메모하라

정보를 얻거나 아이디어가 떠오를 때마다 잊어버리기 전에 즉시 메모할 수 있도록 항상 메모장과 필기도구를 휴대하라.

• 상사의 말을 메모하라

회의, 업무 지시, 교육에서 직장상사의 말을 메모하는 자세는 좋다. 이는 경청하는 자세로 좋은 인상을 준다. 이때 휴대용 컴퓨터나 스마트폰 등 기기가 아니라 메모장에 하는 것이 좋다. 자칫하면 기기에 의한 증거로 말을 하는데 주저하게 만들어 나쁜 인상을 줄 수 있다.

- **본인만 알아 볼 수 있게 하라**

내용을 상세하게 적을 것이 아니라 키워드나 기호만으로도 충분한 경우가 많다. 간단하게 메모해 놓고 필요에 따라 문장이나 핵심적인 내용 등을 추가하면 된다.

- **다양한 도구를 활용하라**

회의 등 예정된 것이 아니라 갑자기 아이디어가 떠올랐을 때에 포스트잇, 스마트폰의 메모 기능도 활용하고 급한 경우에는 눈에 잘 띄는 손등에라도 메모한다.

- **지우는 것도 잘하라**

기록도 잘 해야 하지만 지우는 것도 잘 해야 한다. 어떤 문제가 발생했을 때를 대비하여 추후 문제가 될 만한 내용은 일정기간이 지나면 파기하라.

얼어붙은 감수성을 깨는 도끼

(註 : 박웅현, 《책은 도끼다》에서 인용)

　그대, 한 달에 책을 몇 권이나 읽는가? 한 달에 책을 사는데 지출하는 비용은 얼마나 되는가? 커피 전문점에서 비싼 커피 마시는 것은 주저하지 않으면서 커피 두세 잔 값인 책 한 권을 사는 데는 주저하지 않는가? 이제 학교를 졸업하고 취직이 되었다고 해서 실무적인 책만 보고 교양서적은 아예 손에서 놓아버린 것은 아닌가?

　요즈음 지하철을 타고 가다보면 예전에 비해 독서하는 사람이 줄어든 정도가 아니라 찾아보기가 쉽지 않다. 대부분의 청춘들이 스마트폰에 매달려 부지런히 손놀림을 하고 있다. 그대도 이와 같은 군상의 일원이 아닌가?

책은 인생의 좋은 스승이며 세상의 모든 지식은 책 속에 있고 책을 통하여 살아가는 간접 경험을 할 수 있다. 지식을 넓혀 자기 자신을 재창조하는 기본 방법은 독서다. 책은 세상의 정보와 지식을 알려준다. 책을 읽지 않으면 정확하고 깊이 있는 정보와 지식을 얻어내기가 어렵다.

미디어를 통해 단편적으로 얻은 정보와 지식은 편협할 수 있으며, 확대 해석하는 오류를 범할 수도 있다. 보다 넓은 시야를 가지고 다양한 측면들을 알기 위해서는 독서가 필수적이다. '독서는 취미도 선택도 아닌 숨 쉬는 것과 같다'는 것을 명심하라. 독서가 평범한 일상으로 받아들여질 때 읽는 것의 즐거움과 함께 지혜의 원천임을 깨닫게 될 것이다.

그대는 인생에 지침이 되는 독서를 한 적이 있는가?

책은 얼어붙은 감수성을 깨는 도끼다. 독서는 마음의 불을 지펴 열정을 북돋우고 사고와 포부를 키워 인생을 송두리째 바꾸어 놓기도 한다. 책을 읽다보면 번쩍하는 순간이 찾아올 수 있다. 때로는 한 줄의 문장이 인생을 바꿀 수도 있고 지쳐서 방황하는 삶에 에너지를 선사하여 다시금 일어서게 할 수도 있는 것이다.

독서는 과거와 현재, 시공을 뛰어넘어 폭넓은 사고와 상상의 나래를 펴서 지식과 지혜, 통찰력과 창의성을 키우게 해준다.

독서는 머리의 유연성을 유지. 발전시키는 두뇌의 체조다. 좋은 책은 마음의 평화인 평정심을 갖게 해 준다.

책을 벗 삼아 인생을 걸어가라.

어떤 책이 베스트셀러가 되어 밀리언셀러가 되었다는 말을 가끔씩 듣는다. 그 책을 보면 내 수준에서 보아도 읽기가 매우 힘든데도 100만부 이상이 팔렸다고 하니 그렇게 독서 수준이 높은 사람들이 많은 것인지 내 독서 수준이 형편없는 것인지 알다가도 모를 일이다. 책은 장식품이 아니다. 책은 꽂아두기 위한 것이 아니라 읽기 위한 것이다. 일주일에 한 번 이상은 서점에 가되 읽지 않을 책은 아예 사지 마라.

많이 읽는 것보다 깊이 있게 읽는 것이 중요하다. 그대의 사고와 태도에 변화를 줄 수 있는 책을 읽어야 한다. 책이 가르치고 있는 것에만 얽매이지 말고 그것을 발판으로 하여 재해석할 수 있어야 지식과 지혜를 통한 통찰력을 가지게 된다.

책 한 권이 그대의 인생을 바꿀 수 있다. 한 줄의 글귀가 마음에 불을 지펴 열정을 북돋울 수 있고, 예상치 못한 곳에 노력을 쏟도록 이끌고, 마음에 평정을 가져와 인생의 획을 바로 잡아준다. 항상 책을 가까이 하라.

평생공부

지금까지 20여년에 걸쳐 공부하고 이제 갓 취직한 너에게 '공부'라는 단어를 새삼 꺼내니 무슨 뚱딴지같은 소리를 하느냐고 반문할지 모르겠어. 하지만 네가 시계추처럼 회사를 그냥 왔다 갔다 하는 것 같아서 '이러면 안 되지' 하는 조바심에서 '공부'를 거론하는 거야.

너는 이제 회사에 다니면서 돈을 받고 일을 하는 프로야. 그런데 프로선수들을 봐. 실력에 따라 연봉도 달라지고 실력이 없으면 2군으로 밀려나고 그러다가 도저히 실력이 안 되면 방출되고, 다른 팀에서 받아주지 않으면 퇴출되어 은퇴하잖아.

그러니 프로선수들이 얼마나 피나는 훈련을 하겠어? 유명한 선수들은 예외 없이 연습벌레라고 하더라. 물론 시즌이 끝나면 구단 차원에서 캠프를 차려 다음 시즌이 될 때까지 맹훈련을 하지만 그 연습틈틈이 개인 훈련을 한다고 해. 그러고도 시즌이 시작되어 시합이 벌어지면 시합이 끝난 후 또다시 개인 연습을 한다고 하더라.

너도 마찬가지야. 실력을 가지고 성과를 내면 연봉도 올라가고 진급도 하는 거지만 그렇지 않으면 연봉도 올라가지 않고 진급도 시켜주지 않으니, 실력을 쌓아 성과를 내든지 그만두든지 할 수밖에 없는 거지.

그런데 말이야 프로선수들은 일 년에 반 이상의 시간을 훈련에 투자하지만 너와 같은 직장인들에 대해 회사에서 교육에 투자하는 시간은 1% 정도 일거야. 그러니 너 자신이 스스로 실력을 쌓지 않으면 프로선수가 연습도 하지 않고 매일 시합에 나가는 것과 마찬가지가 되는 거야.

실력을 키우지 않으면 성과를 내기도 힘들고, 창의성 발휘를 하지 못해 회사에서의 발전도 기대할 수 없어. 그러니 스스로 자기개발을 해야만 해.

그렇지 않으면 자기개발을 열심히 한 입사 동기가 먼저 진급하여 그 밑에서 일하면서 반말도 할 수 없고 존댓말도 할 수 없는 어중간한 상황에서 직장에서의 흥미를 잃고 자존심이 상하면서 참고 다니던지 아니면 사직해야 하는 거지.

프로선수가 계속 연습하지 않으면 실력을 유지할 수가 없어서 퇴출될 수밖에 없듯이 급변하는 현대 지식사회에서 공부하지 않으면 직장에서 도태될 수밖에 없음을 명심해.

그러니 학창시절과는 다른 차원에서 다양한 경험과 함께 열심히 공부해야 해. 공부를 숨쉬는 것과 같다고 생각하고 몸에 배이게 해야 해.

　너는 이런 비슷한 경험을 일 년에 한 번 정도는 할 거야. 휴가를 맞아 외국에 여행을 가서 신문이나 인터넷을 불과 며칠 동안 보지 않고 국내에 돌아왔는데도 머리가 텅 빈 느낌말이야. 하지만 이는 느낌 정도가 아니라 실제로 그래.

　현대사회에서 지식의 총체는 3~5년마다 두 배로 늘어난다고 해. 늦어도 5년 후에는 새로운 지식 파일이 두 배 이상 만들어진다는 거지. 그렇기 때문에 개인 차원에서 지금의 지식 수준을 유지하려면 3~5년 안에 지금의 지식을 두 배로 늘려나가야만 해.

　네가 속한 분야는 급속히 지식을 늘려가야 하는 분야이기 때문에 지금 네 지식은 어느 때보다 빠르게 낡은 것이 되어가는 거야. 자기 분야의 지식이 늘어나는 속도를 자신의 지식 증가 속도가 따라가지 못한다면, 용도 폐기될 위험에 처할 수밖에 없는 거잖아?

　도서관에 한 번 가 봐. 많은 사람들이 얼마나 열심히 공부하고 있는지 알게 될 거야. 서점에 한 번 가 봐. 많은 사람들이 책을 구입하고 있는 모습을 보게 될 거야. 이들이 바로 세상에서의 네 경쟁자야.

　너는 이제 취직이 되었으니 그저 그렇게 적당하게 일하면서 평범하게 살고 싶다고 말할지 모르겠어. 그런데 말이야 계속해서 실력을 쌓지 않으면 평범하게 살 수조차 없어. 왜냐하면 새로운 지식과 정보들이 연일 쏟아지고 있으며, 새로운 지식으로 무장한 네 후배들이 계속해서 사회에 진출하기 때문이야.

'부익부 빈익빈(富益富 貧益貧)'이라는 뜻을 알지? 오늘날 이 말을 달리 해석하여 현대사회에서의 경쟁은 '더 많이 가진 자'와 '덜 가진 자' 사이에 벌어지는 것이 아니라 '더 많이 아는 자'와 '덜 아는 자' 사이에 벌어지고 있어.

부유한 집안에 태어나도 공부를 하지 않아 지식 축척이 덜 된 사람보다, 가난한 집안에 태어나도 공부를 열심히 하여 지식 축척이 많이 되어있는 사람이 성공 가도에 진입할 가능성이 훨씬 높아.

사회에 진출해서도 마찬가지야. 가장 중대한 빈부격차는 계속해서 자신의 지식과 기술 수준을 높여가는 사람들과 그렇게 하지 않는 사람들 사이에 존재해. 네가 지금 가진 지식과 기술 수준이 오늘의 너 수준이야. 그러니 자신의 수준을 높이기 위해서는 평생 동안 열심히 공부하는 수밖에 없어.

내가 너무 극단적인 생각인지 모르겠는데 글로벌 시대에 사회생활의 가장 큰 경쟁력은 영어 실력인 것 같아. 어느 정도가 아니라 유창하게 고급영어를 구사할 수 있는 정도 말이야. 영어를 잘할수록 더 많고 다양한 지식과 정보와 사람을 접할 수 있어. 세상과 마주 하는데 있어서 두려움을 없애고 자신감을 줄 수 있는 무기인 것 같아.

취직의 들뜬 기분에서 벗어나 한시라도 빨리 출근 전이나 퇴근 후에 영어회화학원 수강을 했으면 해. 그렇게 하면 영어 실력도 늘지만 생활에 질서도 잡히고 마음속에 자부심과 뿌듯함이 생길 거야.

끝으로 프로야구 예를 하나 더 들어보기로 하지. 프로야구단을 보면 선수 인원이 60~70명 정도 된다고 하더라. 그런데 정작 그라운드에서 뛰는 선수는 지명타자를 포함해서 10명이야. 이 10명 안의 정규 멤버가 되기 위해서 얼마나 많은 선수들이 피와 땀을 흘리는지 알 거야. 너도 실력을 쌓아 회사에서 중요 의사 결정을 하는 레귤러 멤버가 되고 싶지 않아?

꿈을 꿔봐. 회사에서 임원이 되고 CEO가 되는 꿈을 말이야. 최소한 너의 미래를 보장해 줄 수 있는 건 실력이야.

마음을 다잡고 열심히 할 것을 믿어.

그대는
행동주의자인가?

마술처럼 24시간이
매일 가득 차 있다

그대는 아침에 일어나 출근하는 것부터 시작하여 일하고 퇴근하고 잠자리에 드는 매 순간마다 시간과의 싸움을 벌이고 있다. 시간은 인생을 구성하는 중요한 재료로 가장 소중한 선물이다.

아침에 눈을 뜨면 마술과 같이 24시간이 가득 차 있다. 시간은 누구에게나 공평하게 주어진 자본금으로 어떻게 활용하는가에 따라 성공 여부와 삶의 질이 결정된다.

그대가 명심해야 할 것은 하루하루가 새로운 기회가 될 수 있다는 점이다. 하지만 무엇을 하느냐는 그대 자신에게 달려있다. 세월이 지난 뒤에 보면 어떤 사람은 성공하였고 어떤 사람은 낙오자가 되어 있다. 이것은 하루하루 주어진 시간을 잘 활용했느냐 여부이다.

그대는 "시간이 없어서"라는 말을 입에 달고 다니지는 않는가? 하지만 삶에서 '시간부족'이란 말은 없다. 시간을 잘 활용하기만 하면 하고자 하는 일을 하기에 충분하다.

만약 그대가 바쁘다는 핑계를 댄다면 그대보다 더 바쁜 가운데 더 많은 일을 해내는 수많은 사람들이 있음을 명심하라. 그들은 그대와 똑같이 주어진 시간을 단지 효율적으로 사용하고 있을 뿐이다.

시간이 많으면 오히려 나태해진다. 바빠야 반드시 해야 할 중요한 일들이 떠오른다. 나태를 낭만으로, 생각한다면 이것은 시간을 방목하는 것이며 인생을 낭비하는 것이다.

그대는 인생을 사랑하는가?

시간은 살아 있는 동안만 주어진다. 살아있는 그대의 오늘은 어제 하직한 이들이 그토록 갈망했던 내일이다. 인생은 유한(有限)한데, 영원히 살면서 시간이 무한정 있는 것처럼 살면 안 된다. 시간은 저축할 수 없이 시시각각 흘러간다. 그러므로 시간을 낭비하지 말고 효율적으로 잘 활용하라.

시간 관리는 배우고 익힐 수 있는 기술이다. 어떻게 하면 일처리에 있어서 시간을 잘 활용할 수 있는지를 살펴보기로 한다.

시간이 많으면 오히려 나태해진다. 바빠야 반드시 해야 할 중
요한 일들이 떠오른다. 나태를 낭만으로, 생각한다면 이것은
시간을 방목하는 것이며 인생을 낭비하는 것이다.

- **우선순위를 정하여 가치 있는 일을 하라**

우선순위를 설정하는 것은 일 처리와 시간 관리의 핵심이다. 중요하고 가치 있는 일을 효과와 효율을 따져서 우선적으로 하라. 이것이 '잘나가는 청춘'으로 향하는 원칙이다.

- **철저한 준비를 하라**

얼마나 철저하게 준비하느냐에 따라 얼마나 잘할 수 있을지, 얼마나 멀리 갈 수 있을지, 얼마나 많이 얻을 수 있을지, 얼마나 시간을 효율적으로 사용할 수 있을지가 정해진다.

- **자신만이 할 수 있는 일에 시간을 투자하라**

혼자서 일을 끌어안지 말고 다른 사람에게 맡길 수 있는 일은 맡기고 협조를 얻을 일은 얻어라. 오직 자신만이 할 수 있는 일에 더 많은 시간과 창조력을 활용해야 한다.

- **단순화 시켜라**

일을 제대로 파악하여 그 핵심을 알고 시작해야 한다. 복잡한 일일수록 단순화시켜 일을 처리해야 한다. 복잡한 것을 단순하게 정리할 줄 알아야 한다.

- **미루지 마라**

"시간이 없어서", "나중에"라는 변명은 어리석고 못난 변명이다. 일을 제대로 하지 않은 것은 시간이 없어서가 아니라 의지가 없었기 때문이다. 당장 처리해야 하는 일은 미루지 말고 곧바로 해야 한다.

"현대사회는 생각의 속도까지 다투는 시대다. 디지털 시대의 모든 의사 결정과 업무 처리에서 속도가 성패의 관건이다." (註 : 빌 게이츠 어록 중에서) 현대사회에서 스피드는 가치의 원천이다. '1분 앞섬'이 '잘나가는 청춘'이 되느냐 '흔들리는 청춘'이 되느냐를 좌우할 수 있다.

'잘나가는 청춘'은 재빠르고 효율적으로 움직인다. '흔들리는 청춘'은 일을 미루고 지지부진하다. 빠르게 움직일수록 성공에 다가선다. 신속성을 그대의 경쟁 우위 요소로 만들어야 한다.

성공 여부의 결정은 얼마나 예측을 잘하느냐가 아니라 직면하는 상황들에 얼마나 빠르게 대처하느냐에 달려있다. 민첩성, 속도가 힘이며 경쟁력임을 명심하라.

속도의 중요성은 더 이상 강조할 필요가 없지만 그 속도도 옳은 방향으로 빨리 가야지 엉뚱한 방향으로 빨리 가기만 하면 아무 소용이 없다. 빨리 가는 것보다 더 중요한 것은 어느 방향으로 갈 것인지를 결정하는 것이다.

방향을 결정하는 주요한 요소는 목적의식과 통찰력이다. 목적의식을 확고히 하고 통찰력을 길러라.

위대함을 낳는
매직 넘버

•

•

그대는 사회적으로 성공한 사람을 바라볼 때 어떤 느낌을 갖는가? 운이 좋거나 배경이 좋아서 그렇게 되었다고 생각하는가?

수많은 성공하는 사람들을 보고 언뜻 보기에는 운이 좋았던 것 같다고 말하지만 운은 우연이 아닌 노력의 필연적 결과이다. 우연한 기회는 준비가 되어있는 자에게만 찾아온다. 노력의 절대량이 많아질수록 기회를 포착하고 기회를 선용하는 능력이 높아지는 것이다.

역전 만루 홈런도 아무나 칠 수 있는 것이 아니다. 우연히 나오는 것도 아니다. 평소 갈고닦은 훈련의 결과로 얻은 실력이 없으면 나올 수 없듯이 인생의 성공이나 역전도 평소에 기울인 각고의 노력에 따른 결실이다.

오늘날 우리 사회에는 두 가지 정신적 병폐가 만연하고 있다. '무 노력-유 보상' 병폐와 '지름길' 병폐다. 어느 쪽이나 개인의 성공에 걸림돌이 된다. 두 가지가 합쳐지면 치명적인 결과가 빚어질 수 있다.

첫 번째 정신적 병폐인 '무 노력-유 보상' 병에 걸린 사람은 세상의 보편적 법칙인 뿌린 대로 거두는 성공의 대원칙을 무시한 사람이다. 노력을 하지 않고 뭔가 이루어지기만을 바란다. 마치 앞 사람이 미는 힘에 편승해 회전문을 출입하려는 사람 같다. 보편적 법칙을 거슬렀음에도 불구하고 성공을 기대하지 마라.

두 번째 정신적 병폐는 '지름길' 병폐다. 자신의 목표나 일을 변칙을 써서 손쉽고 빠르게만 이룰 방법에 골몰하는 사람이다. 그들은 몇 달, 몇 년씩 힘써야 이룰 수 있는 일을 빨리 얻을 수 있는 지름길 찾기에 여념이 없다. 그들은 각고의 노력을 기울여야 해결할 수 있는 문제를 단번에 풀고 싶어 한다.

이런 사람은 쉽게 성취를 이룰 수 있을 것이라는 망상에 쉽게 사로잡힌다. 쉽고 빠른 성공의 신기루에 홀려서 성취는커녕 인생 자체를 날려 버릴 수 있다.

그대는 세계적인 연주가나 운동선수가 멋진 솜씨를 보일 때 감탄할 것이다. 그들이 완벽한 성공과 솜씨를 발휘하기까지 힘든 준비 과정과 정밀한 연습이 필요했다는 사실을 알아야 한다. '위대함을 낳는 매직 넘버, 1만 시간의 법칙'이라는 것이 있다. (註 : 제프 콜빈, 《재능은 어떻게 단련되는가?》에서 인용) 어느 분야에서든 세계 수준의 전문가가 되려면 1만 시간의 연습이 필요하다는 것이다. 그 연습도 무조건적인 연습이 아니라 '신중하게 계획된 연습(deliberate practice)'을 해야 한다는 것이다. 1만 시간은 대략 하루 세 시간, 일주일에 스무 시간씩 10년간 연습한 것과 같다.

그대가 하는 업무를 수행하는데 필요한 탁월성을 얻으려면, 충분한 연습량을 확보해야 한다. 탁월한 기량과 명성은 저절로 쌓이는 것이 아니다. 그대가 진정으로 인생을 걸겠다고 작정한 분야에서 묵묵히 노력을 기울인다면 언젠가는 진정한 숙련자의 경지에 접어들게 될 것이다.

노력 없이 이루어지는 일은 없으므로 노력 없이 요행을 바라서는 안 된다. 모든 성취는 힘겨운 노력의 결과물이다. 재능이 있지만 노력이 부족하면 재능이 꽃피지 못한다. 노력도 무조건 열심히만 하는 것이 아니라 효율적으로 해야 한다. 유익한 일에 시간을 쓰고 필요 없는 행동을 하지 않아야 한다. 현명하게 창의적으로 노력하여 성과를 창출해야 한다.

그대는 이제 직장에서 돈을 받고 일을 하는 프로다. 프로야구선수를 보라. 잘 하면 그에 따른 보상을 해준다. 그러나 아무리 잘 하다가도 일정기간 성과가 없으면 퇴출시켜버린다. 프로에게는 탁월한 성과가 요구된다. 탁월한 성과를 거두려면 프로야구선수가 각고의 노력을 기울여야 하듯이 엄청난 노력을 기울여야 한다는 사실을 인식해야 한다.

　성공을 위해서는 열심히 하는 정도로는 부족하며 아무도 더 이상은 할 수 없을 정도의 노력을 경주해야만 비로소 남다른 성과가 나오게 된다는 진리를 명심하라.

　삶은 땀을 먹고 자란다. 일을 통해 성과를 거둔다는 것은 힘든 과정이지만 그 힘든 과정을 즐기면서 성취했을 때의 기쁨이란 이루 말할 수 없을 것이다. 마치 프로야구선수가 힘든 연습을 통해 실전에서 홈런을 쳤을 때의 그 기쁨 말이다.

　수확의 기쁨은 그 흘린 땀에 정비례한다. 노력의 결과로 얻어지는 성과의 기쁨을 통해 참된 행복을 누릴 수 있다. 그대는 자신의 일터에서 노력의 땀을 흘리며 청춘을 만끽하라.

　마무리가 허술해서 낭패하는 경우가 많으니 마지막 마무리가 중요하다. 물을 끓이는 경우를 생각해보라.

섭씨 0도의 찬물을 주전자에 넣고 끓이면 100도가 넘어야 끓으면서 증기 에너지가 발생한다. 99도에서도 0도와 마찬가지로 에너지를 얻을 수 없다. 그 차이가 99도나 되는데도 에너지를 얻을 수 없으나 불과 1도만 넘어 100도가 되면 물이 끓으면서 에너지를 발생시킨다.

그대는 99까지 노력을 기울이고도 마지막 1을 더하지 못해 성취하지 못하는 우(愚)를 범해서는 안 된다.

완전히 끝냈다 싶을 때에 한 번 더 노력하라.

걷는 순간이
목표에서 제일 가깝다

그대는 빨리 승진하고 싶은가?

그대는 재벌 회장의 자녀가 아니지 않는가? 물론 재벌 회장의 자녀들의 경우에는 빨리 높은 곳에 오르긴 하지만, 그것도 단계를 밟아 경험을 쌓아서 다른 사람들보다 기간을 단축시켜서 진급을 하는 것이지 단번에 CEO 자리에 오르는 것이 아니다.

특수한 관계가 있거나 특출한 능력을 가지고 있지 않는 한 한 걸음 한 걸음씩 차근차근 올라가는 법을 배워야 한다. 성공도 마찬가지다. '천리 길도 한 걸음부터'이듯이 성공도 한 걸음씩 내디디면서 이루어 나갈 수밖에 없다. 성공은 폭포처럼 갑자기 한꺼번에 오는 것이 아니라, 한 번에 한 방울씩 떨어지는 물방울처럼 서서히 온다.

힘들수록 속도가 중요한 것이 아니라 똑바로 방향을 정하고 나아가야 한다. 걸음이 느려지는 것 같아도 포기하지 말고 묵묵히 계속 걸어야 한다.

얼마나 남았는지 알 수 없으니, 걷는 순간이 목표에서 제일 가깝다. 묵묵히 걷다보면 목표 지점에 도달하는 순간을 맞이하게 될 것이다.

지금 성공의 사다리 꼭대기까지 올라가 있는 사람도 그대처럼 처음에는 맨 아래에서 발을 디뎠다. 그리고 한 번에 한 계단씩 착실하게 올라갔다.

그대는 방향을 잘 정해서 한 걸음 더 나아갈 수 있도록, 때로는 보폭을 늘리도록 최선을 다해야 한다. 그것이 아무리 하찮고, 더디고, 고통스럽더라도, 때로는 그대가 할 수 있는 것이라고는 그 마지막 한 걸음밖에 남아 있지 않다는 생각이 들지라도 한 걸음 더 나아가야 한다.

묵묵히 한 걸음씩 나아가라. 그러면 언젠가는 그대의 꿈이 실현될 것이니.

창문이 열렸을 때
뛰어들어라

사람들은 흔히 "인생에서 세 번의 기회가 주어진다"고 말한다.

그대는 앞으로 사회생활을 하면서 '팔자 고치는 기회'는 오지 않을지 몰라도 크고 작은 몇 번의 기회가 주어질 것이다.

사람들이 성공하는 까닭은 주어진 재능 때문이 아니라 자신에게 찾아온 기회를 잘 포착하여 발전시켜 나갔기 때문이다. 기회가 오면 이를 포착하고 어떻게 활용할 수 있을까를 고민해야 한다.

기회는 열리고 닫히는 창문과 같아서 순식간에 닫혀버릴 경우가 많다. 기회의 창문이 그대를 향해 열려 있을 때 즉시 그 속으로 뛰어들어라. 왜냐하면 기회는 열릴 때와 마찬가지로 빨리 닫히기 때문이다.

과거 그 어느 때와 비교하더라도 오늘날처럼 쉽고 빠르게 그대의 목표와 이상을 실현하기에 좋은 시기와 기회는 없다. 새로운 아이디어를 접했을 때는 가능한 빨리 시도해봐야 한다. '잘나가는 청춘'으로 인도할 만한 새로운 아이디어가 떠오르면 즉시 행동으로 옮기되, 그 기회가 그대의 목적을 이루는데 도움을 주는 것인지 수시로 확인해 봐야 한다.

그대의 인생에서 기회는 바로 그대 앞에 놓여 있을 수도 있다. 가장 커다란 가능성으로 현재의 직업이나 사업, 하고자 하는 일 등이다. 그리고 기회들은 그대의 재능이나 능력, 교육 배경과 경험을 발휘하거나 친구나 지인을 활용하는 데에서 올지 모른다. 또한 기회는 어렵고 힘든 일로 위장하고 나타나기도 한다. 그대가 해야 할 일은 그것들을 찾아내고 개발하는 것이다. 찾을 수 있는 모든 기회를 활용하라.

그대는 '기회의 신'이 눈앞을 지나가고 있는데도 그냥 보낼지도 모른다. 기회를 붙잡으려 했으나 놓친 채 언제나 아쉬운 눈초리로 바라볼지도 모른다. 지금이 바로 기회인데도 다음에 기회가 다시 찾아주기를 기대하며 늘 머뭇머뭇하면서 행동을 취하지 않을지도 모른다. 기회가 왔음에도 주저하거나 망설이다가 놓치는 일도 많다. 한 번 놓친 기회는 다시는 오지 않을 수 있다.

주저한다거나 머뭇거려서는 안 된다. 우유부단은 귀중한 시간을 허비하는 것이나 마찬가지다. 지금 기회보다도 나은 기회가 나중에 찾아올 것이라고 생각하고 미적거리다가 기회를 놓쳐서는 안 된다.

인생에서 기회가 적은 것이 아니다. 그대에게 기회가 찾아오지만 그것을 볼 줄 아는 눈을 가지고 있지 않아 기회인 줄도 모르고 지나쳐버릴 수 있다. 그것이 기회인지 판단하는 분별력이 없기 때문에 기회를 놓쳐버릴 수 있는 것이다. 그렇게 되면 기회를 놓치고 나서야 후회하게 된다.

분별력은 사안의 핵심을 꿰뚫어보는 능력으로 양식 있는 판단을 토대로 타당함, 정당함을 식별하는 실용적인 지혜이다. 분별력은 지식으로 얻을 수 있는 것은 아니며 경험으로부터 배우는 것이다. 분별력을 고양(高揚)시켜라.

그대는 성공한 사람을 보고 운이 좋아서 기회를 잡았다고 치부해버리지는 않는가? 그것은 그대가 그 사람이 기회를 잡기 이전의 땀과 노력을 간과했을 가능성이 높다.

기회는 준비된 사람과 준비가 안 된 사람에게도 다가오지만, 준비가 안 된 사람에게는 기회가 오더라도 잡는 것이 불가능하다. 왜냐하면 그 기회를 감당할 능력이 없기에 안타까움만 더해 질뿐이다.

그러므로 준비가 안 된 상황에서 기회가 오는 것은 오히려 불행이며 기회가 다가왔을 때 준비가 되어 있는 사람만이 기회라는 행운을 활용할 수 있다.

　기회가 오기만을 기다리지 말고 때로는 스스로 기회를 만들어야 한다. 위험을 무릅쓰고 기회의 창문을 활짝 열고 뛰어 들어가야 한다. 우리 삶에 안전하기만을 바란다면 큰 기회는 오지 않는다. 기회가 왔을 때 기회의 주변에서 머뭇거리지만 말고 그 기회 속에 뛰어들어라.

말과 행동 사이에는 바다가 있다
(註 : 이태리 격언에서 인용)

그대는 행동주의자인가?

비전이 있는 사람과 공상가를 구분하는 기준은 '행동' 여부에 달려있다. 아무리 좋은 생각을 가지고 있다고 하더라도 실행하지 않으면 공상에 그치고 만다. 그런 공상가들은 도처에 널려 있지만, 아무것도 이루지 못한다.

'말과 행동 사이에는 바다가 있다'는 격언과 함께 '좋은 계획에서 좋은 행동으로 가는 길처럼 먼 것은 아무 것도 없다'(註 : 노르웨이 격언)는 표현이 있을 정도로 결정을 재빨리 실행에 옮기기는 쉽지 않다. 행동에 옮기지 않으면 아무 것도 얻을 수 없다.

무엇보다 행동으로 보여줘야 한다. 아는 것을 실행해야 힘이 나온다. 아무리 좋은 아이디어나 결심이든 실행하지 않으면 아무 소용이 없다. 실행이 결과를 만든다. 성취에서 오는 희열과 힘은 아이디어나 결심을 자기 확신 하에 용기와 배짱을 가지고 실행에 옮긴 결과의 산물이다.

목표에 다가갈 수 있도록 매일 조금씩이라도 행동하라. 행동을 하면 할수록 행동하기가 쉬워진다. 더 빨리 행동할수록 적시에 적절한 일을 적절한 방법으로 할 확률이 높아진다.

탁월한 성과를 내는 개인의 특징적인 자질은 '행동지향성'이다. '잘 나가는 청춘'은 과감하게 실행에 옮긴 행동주의자임을 명심하라.

미래는 그대가 현재 하는 행동에 따라 결정된다. 내일 무엇이 될 수 있는가에 대한 생각이 오늘 무엇을 할 수 있도록 인도해야 한다. 꿈꾸는 것도 중요하지만 꿈을 실행에 옮기지 않으면 그냥 꿈으로 끝나고 만다.

지금 청춘인 그대가 30여년 후 사회생활에서 은퇴를 할 무렵 '그 당시 그 일을 실천에 옮겼더라면' 하는 후회가 되지 않도록 스스로 할 수 있거나 꿈꾸는 일이 있거든 추진해야 한다. 대담함 속에 재능과 힘이 깃들어 있다. 꿈은 행동하는 자의 것임을 명심하라.

무엇보다 행동으로 보여줘야 한다. 아는 것을 실행해야 힘이
나온다. 아무리 좋은 아이디어나 결심이든 실행하지 않으면
아무 소용이 없다.

'잘나가는 청춘'과 '흔들리는 청춘'의 차이는 바로 '행동력'의 차이다. '잘나가는 청춘'은 행동이 적극적이지만 '흔들리는 청춘'은 소극적이다. '잘나가는 청춘'은 '수동'이 아니라 '능동'을 택하여 나서서 일을 벌이고 행동에 들어가고 책임을 떠맡는다.

일단 어떤 목표, 어떤 전략, 어떤 계획을 세웠다면, 그대의 판단을 전적으로 믿고 두려워하거나 미심쩍어 하지 말고 자신감과 확신을 가지고 실행에 옮기고 최선을 다해 매진하라.

문제 해결 능력은 '잘나가는 청춘'과 '흔들리는 청춘'을 가름하는 중요한 결정적 요소다. 그대가 직장에서 일을 처리하는 동안 가장 많이 하게 될 말이 "어떻게?"이다.

"어떻게?"야말로 문제 해결의 핵심이 되는 단어다. 아직 이루지 못한 목표나 일이 있을 때마다 생각해야 할 것은 "어떻게?"이다 "어떻게 달성할 수 있을 것인가?"를 자문해야 한다.

어떤 종류의 문제에 맞닥뜨리든 질문은 "어떻게?"가 되어야 한다. "어떻게"로 시작하는 모든 질문은 문제 해결 지향적으로 만들어 주고 일의 중심에 있게 해줄 것이다. 문제를 해결하는 결과만큼 성취한다. 문제를 더 잘 해결할수록 더 크고 중요한 문제가 주어져 더 큰 성취를 이룰 것이다.

그대에게 주어진 문제를 해결하기 위해서는 문제의 해답을 풀기 위해 생각하고 매달려야 한다. '잘나가는 청춘'은 일하는 도중에 발생하는 문제들을 얼마나 효과적으로 해결하는가에 달려있다. 일을 하면서 문제에 봉착할 때마다 "무엇이 진짜 문제인가?" 하고 자문하라.

만약 어떤 문제에 대한 해결책이 한 가지밖에 나오지 않는다면 주의해야 한다. 그리고 문제 해결을 더 잘할 수 있도록 여러 가지 다양한 방법으로 살펴보라. 항상 "그 외에도 다른 문제 해결 방법은 없는가?" 하고 자문하라.

문제를 해결하기 위한 관점에서 구체적인 행동을 하라. 필요한 결정을 내리고, 지금 할 수 있는 모든 행동을 해야 한다.

'지금'은 승자의 단어
'다음'은 패자의 단어다
(註 : 로버트 기요사키, 《부자 아빠 가난한 아빠》에서 인용)

그대는 주위에서 "다음 주부터 운동을 시작하겠다.", "다음 달부터 영어학원에 다니겠다." 등등 여러 결심을 하는 사람들을 볼 것이다. 과연 그들 중에서 그날이 와도 그대로 실행하는 사람이 얼마나 되는 가? "다음부터"라는 말은 "안 하겠다"는 말과 다름 아닌 경우가 많다.

나는 대학을 다니다가 중간에 군대에 가서 담배를 끊었다. 입대하기 전의 대학 시절에는 담배를 피우는 것이 일종의 멋이었다. 당시 시국도 어수선하여 대학가에는 데모가 끊이지 않았고 주막집에 모여 〈고래 사냥〉 노래를 부르고 술을 마시면서 담배 연기를 날리며 '도넛' 모양을 만드는 것이 일종의 유행이었다. 나도 그 대열의 일원이었다.

입대하여 논산훈련소에서 6주간의 훈련을 받았는데 보급품 지급 규정에 담배도 있었는데 이틀에 군인용 담배인 '화랑' 담배 한 갑을 지급받았다. 담배를 피우지 않는 훈련병들은 자신이 지급 받은 담배를 담배 피우는 동료들에게 주기도 했다.

훈련을 마치고 부대 배치를 받고 나니 부대원 인원수 기준으로 절반은 담배를 피우는 병사로 규정하여 담배를 지급하고 절반은 담배를 피우지 않는 병사로 기준하여 사탕을 지급한다는 것이었다. 손을 들어 조사를 해보니 압도적으로 담배를 피우는 사람이 많았다. 어떻게 해서든 강제로 조정할 수밖에 없었고 지급받은 병사들이 나눠서 피워야 했다.

나는 그때까지 담배를 피웠지만 자진하여 사탕을 먹는 쪽에 손을 들었다. 군대에 와서 담배 끊는 것 하나라도 실천해 보고 싶었다. 그때부터 지금까지 담배를 피우지 않고 있다.

바람직한 삶은 '결심'이 아니라 '행동'이며 '실행'이어야 한다. 그 실행도 '지금부터' '이제부터'가 중요하다. 승자와 패자를 구분하는 가장 큰 잣대는 실행 여부이다.

'지금'은 승자의 단어, '다음'은 패자의 단어다. '다음에 하자'라고 미루는 자세야말로 자신을 무능한 사람으로 만드는 결과를 가져온다. '다음'을 자주 사용하는 사람은 '흔들리는 청춘'이 되고 만다.

'흔들리는 청춘'은 결심만 하는 사람이고, '잘나가는 청춘'은 결심을 실행하는 사람이다. 그대가 성공할 수 있는 단어는 '지금'이라는 단어다.

많은 사람들이 "아직은 완벽하게 준비를 못했기 때문에…"라고 둘러대며 행동에 옮기지 않는다. 이런 사람에게 완벽하게 준비하는 순간은 오지 않는다. 완벽하다는 시점에서 시작하려면 언제까지 이룰 수 없는 부지하세월(不知何歲月)이 되고 말 것이다.

실행하기 좋은 특별한 날은 없다. 금연하기에, 어학 공부를 시작하기에, 운동을 시작하기에 좋은 특별한 날이 있는가?

결심해 놓고 지금부터가 아니라 다음달부터, 생일날부터 시작하겠다고 하는 것은 그때까지의 자기 위안이며, 그때가 되면 이런 핑계 저런 핑계를 대면서 자기 합리화로 또 다시 미룬다.

'흔들리는 청춘'은 '언젠가 증후군(someday sickness)'을 가지고 있다. '언젠가 때가 무르익으면…' '언젠가 그럴 수 있는 조건이 갖춰지면…' 하고 적당한 상황을 둘러대면서 미룬다. 그러다보면 어느새 하려던 소망 자체를 잊어버리고 뒤죽박죽이 되어버릴 뿐만 아니라 그 언젠가는 영원히 오지 않는다.

그러므로 무언가 '되기(be)' 위해서는 반드시 '지금 여기서(now & here)' 무언가를 '해야(do)'만 한다.

바람직한 삶은 '결심'이 아니라 '행동'이며 '실행'이어야 한다. 그 실행도 '지금부터' '이제부터'가 중요하다. 승자와 패자를 구분하는 가장 큰 잣대는 실행 여부이다.

결심한 것을 3일을 넘기지 못하고 예전의 습성으로 돌아가는 게 평범한 사람들의 관성이다. 이처럼 결심만 하면 뭐하나? 꾸준히 제대로 실행을 해야 한다. 실행이라고 해서 너무 거창하게 생각하지 말고 실행의 습관을 몸에 배이게 하기 위해서는 작은 실천을 먼저 행하라.

이런 작은 실천의 습관이 모여서 큰 실행으로 이어진다. 쓰레기 분리수거하기, 먹은 식사그릇 씻기, 영자신문 구독하기, 기상하여 10분간 집안에서 맨손체조하기 등등 작은 행동이 실행의 습관으로 이끈다. 작은 행동을 큰 실행의 출발점으로 삼고 지금 바로 시작하라.

삶을 변화시키는 방법에는 두 가지가 있다. 생각을 먼저 변화시켜 행동을 바꾸거나, 생각이 변화하도록 행동을 먼저 바꾸는 것이다. 생각을 먼저 변화시키면 궁극적으로 행동이 변화하지만, 이런 방법은 시간이 오래 걸리며 행동을 먼저 변화시키는 것이 더 빠르다.

차를 움직이면서 핸들을 돌리는 것이 정지된 차의 핸들을 돌리는 것보다 훨씬 쉬운 것처럼 행동을 먼저 변화시키고 나서, 행동하면서 생각을 변화시키는 방식이 효율적이다. 생각이 행동을 바꾸고, 행동이 습관을 바꾸고, 습관이 운명을 바꾼다는 얘기는 널리 알려져 있지만 경우에 따라서는 행동이 습관과 생각을 바꿀 수도 있다. 삶을 변화시키고 싶다면 지금 당장 행동을 먼저 바꿔라.

보이지 않는 거미줄이 밧줄이 된다

그대는 사회 첫출발을 하면서 학창 시절 만남과는 다른 다양한 사람들을 만날 것이다. 특히 결혼을 앞둔 시점에서 이성과의 만남이 이루어지면서 요즘 말로 '몸짱' '얼짱'이 되어야겠다는 욕구가 용솟음칠 수도 있다. 영화배우 이병헌이나 권상우, 이효리나 김태희처럼 되고 싶어 '운동도 하고 다이어트도 열심히 해야지' 하고 결심해 놓고는 작심삼일(作心三日)이 될지도 모른다.

운동과 다이어트는 결심으로 이루어지는 것이 아니라 행동해야 하는 것이며, 행동이 모여서 습관이 되는 것이다. 그럼에도 불구하고 지속적인 행동을 하지 않으면 다시 예전의 모습으로 되돌아가게 되어 용두사미(龍頭蛇尾)로 끝나버리고 마는 것이다.

결심한 행동이 지속되기 위해서는 습관이 되어야 한다. 습관은 하나의 밧줄과도 같아서 거미줄과 같은 순간순간의 행동이 모여서 이루어진다. 그러다보면 그 밧줄이 너무 굵어져서 끊을 수 없게 된다.

기적은 '나비효과'처럼 아주 작은 것에서부터 시작된다. 눈에 보이는 것보다 보이지 않는 것이 더 중요하다. 화려하고 거창한 큰일보다 사소하게 여기는 작은 일들이 인생에 변화와 기적을 가져다주는 것이다. 인사하는 습관, 옷 입는 습관, 책 읽는 습관, 돈쓰는 습관, 경청하는 습관, 메모하는 습관, 칭찬하는 습관, 배려하는 습관, 마무리하는 습관, 사물의 이면을 관찰하는 습관 등 수많은 습관들이 모여 인격을 만들어 그것이 인생을 결정하는 것이다.

그대가 하나의 행동을 뿌렸을 때 하나의 습관을 거두게 된다. 반복되는 행동으로 형성된 습관이 '좋은 습관'이냐 '나쁜 습관'이냐에 따라 '잘나가는 청춘'과 '흔들리는 청춘'을 결정함을 명심하라.

인생에서 습관이 얼마나 중요한가를 나타내는 공식을 살펴보자.

- 생각을 조심하라. 생각은 말이 된다.
- 말을 조심하라. 말은 행동이 된다.
- 행동을 조심하라. 행동은 습관이 된다.
- 습관을 조심하라. 습관은 인격이 된다.
- 인격을 조심하라. 인격은 인생이 된다.

그대가 종이를 한 번 접어보라. 그러면 한 번 접힌 종이는 자꾸 그쪽으로 접혀진다. 논에 물길을 내어 놓으면 물은 자연스레 그 선을 따라 흘러간다. 이렇듯이 어떤 행동이 습관이 되면 밥 먹고 잠드는 일처럼 자연스러워진다.

습관은 그대의 동반자다. 좋은 습관은 그대의 훌륭한 조력자가 되지만 나쁜 습관은 무거운 짐이다. 좋은 습관은 그대를 '잘나가는 청춘'으로 이끌지만 나쁜 습관은 '흔들리는 청춘'으로 끌어내린다.

나쁜 습관은 좋은 습관으로만 정복된다. 좋은 습관은 더욱 확실하게 그대의 것으로 만들고 나쁜 습관은 좋은 습관으로 근절시켜야 한다. 나쁜 습관을 정복하는데 인생의 성공이 있다.

인간이 생활하는데 가장 신경 써야 할 부분의 습관을 형성하는 데는 최소 21일 동안 꾸준히 의식적으로 노력해야 한다는 '21일 법칙'이 있다. 이는 인간의 뇌는 충분히 반복되지 않은 행동은 받아들여지지 않으며, 생체리듬으로 자리를 잡는데 최소한 21일이 소요되기 때문이라는 것이다.

21일은 생각이 대뇌피질에서 뇌간까지 내려가는데 걸리는 최소한의 시간으로, 생각이 뇌간까지 내려가면 그때부터 의식하지 않아도 행하는 습관화가 이루어진다는 것이다.

새로운 습관을 형성하는 방법을 알아보자.

- 1단계 : 결심하라.
- 2단계 : 핑계를 대지 말고 반드시 실행하라.
- 3단계 : 주변 사람에게 말하라.
- 4단계 : 새로운 습관으로 변한 모습을 시각화하라.
- 5단계 : 꾸준히 계속 실행하라.

옛 습관의 반복을 중단하고 새로운 방식의 행동을 훈련할 때 오래된 습관은 약해지고 그대의 무의식 세계에서 물러난다. 새로운 좋은 습관을 익히면 그 결과는 훨씬 더 많은 즐거움과 보상을 가져다준다.

코끼리는 피할 수 있지만
파리는 피할 수 없다

시인 마리아 라이너 릴케는 장미가시에 찔려서 죽었다. 큰 상처가 나면 피가 흐르고 약을 바르고 병원에 갔을 것이다. 그러나 장미 가시에 찔린 작은 상처를 방치하다가 파상풍에 걸려 종국에는 사망하고 만다.

그대는 눈앞의 큰 문제에 대해서는 과감히 대결하면서도 하찮은 일에 대해서는 가볍게 생각하고 있지는 않는가?

코끼리가 달려들면 몸을 피해서 도망칠 수 있지만 파리로부터는 몸을 피할 수가 없다. 폭풍우를 피했더라도 혹시 하잘것없는 딱정벌레나 장미가시에 노출되어 있는 것은 아닌지 항상 살펴야 한다.

쪼개고 잘라서 관찰하는 디테일의 힘을 발휘해야 한다. 디테일을 중시하는 것은 성공을 가능하게 하는 습관이다. 지금 자신이 하는 일을 세심하게 처리하는 것이 성공으로 가는 길임을 알아야 한다.

일처리를 하는데 있어서 90% 완성이라는 말은 없다. 100%의 완성도인 1이 아닌 90%을 나타내는 0.9의 완성도를 유지하여 10번의 공정을 거치면 겨우 0.35 정도의 완성도밖에 달성하지 못한다. 즉 0.9를 열 번 곱하면 0.349가 된다는 말이다. 그러니 업무 처리를 할 때마다 100%의 완성도를 기하라.

그대에게 있어서 대단한 용기나 사건들만이 '잘나가는 청춘'이냐 '흔들리는 청춘'이냐를 가름하는 것은 아니다. 사소한 사건과 별것 아닌 것들이 쌓이고 쌓여 성공도 되고 실패도 되며 행복이나 불행의 씨앗으로 싹트기도 한다. 대수롭지 않은 일이 쌓여 큰 사건이 되고 마는 것이다.

그대는 사소한 일을 무시하여 인생의 소중한 기회를 잃어버린 사람을 보았을 것이다. 아주 작은 일에 성실한 사람은 큰일에도 성실하고, 아주 작은 일을 간과하는 사람은 큰일도 간과하여 놓치고 만다.

작은 일들의 소중함은 지나치기 쉽다. 큰일은 충분히 준비를 하지만 작은 일은 무작정 달려든다. 작은 일을 놓치면 큰일도 잃게 되며, 작은 일을 가벼이 하는 사람에게는 큰일이 맡겨지지 않는다.

아주 조그마한 일이 그대를 괴롭힐 수 있다. 코끼리가 달려들면 몸을 피해서 도망칠 수 있지만 파리로부터는 몸을 피할 수가 없다.

작은 일을 놓치는 순간, 성공의 길은 멀어져만 간다. 성공이란 수많은 작은 일들이 모여 이루어지기 때문이다. 올바르게 수행한 작은 일 하나가 성공의 계기가 될 것이다. 세부적인 사항에 집착하고 작은 일을 꼼꼼히 챙기라. 작은 일, 바로 발밑에서 일어나고 있는 일을 끝까지 점검하고 최선을 다하라.

고갯마루보다는 넓은 대로에서 방심하다가 다리가 부러진다. 조그마한 부주의, 사소한 방심, 몸에 밴 타성을 경계해야 한다. 쉬운 일도 어려움이 있고, 못할 일도 최선을 다하면 이루어진다. 쉬운 일을 할 때는 자신감이 부주의를 낳지 않게 하고, 어려운 일을 할 때는 소심함이 용기를 꺾지 않게 하라.

전장과 다름없는 인생에서 세심한 면까지 신경을 써야 한다. 쉽다고 얕보지 말며, 어렵다고 팔짱만 끼고 있지 마라. 세심함을 잃지 말아야 한다. 쉬운 일에는 신중하고 어려운 일은 지레 겁먹지 마라.

기다려야
꽃을 피울 수 있다

시인 라이너 마리아 릴케가 가을을 축복한 〈가을날〉이라는 시가 있다.

주여, 때가 왔습니다.
지난여름은 참으로 위대했습니다.
당신의 그림자를 해시계 위에 얹으시고
들녘엔 바람을 풀어 놓아 주소서.

마지막 과일들이 무르익도록 명하시고,
이틀만 더 남국의 햇볕을 베푸시어

과일들의 완성을 재촉하시고
마지막 단맛이 짙은 포도주 속에 스미게 하소서.

지금 집이 없는 사람은 이제 집을 짓지 않습니다.
지금 고독한 사람은 이후로도 고독하게 살면서
밤새워 책을 읽고 긴 편지를 쓸 것이며
낙엽이 흩날리는 날에는 가로수들 사이로
이리저리 불안스레 헤맬 것입니다.

　시에서 노래한 것처럼 가을은 풍성한 수확의 계절이며 수확 후 긴 겨울로 접어들게 된다. 기다림 끝에 계절이 오고 감춰진 것을 무르익게 한다. 수확을 하려면 씨를 심고 희망을 가지고 기다려야 한다.
　반쯤 핀 꽃봉오리를 억지로 피우려고 화덕을 들이대고 손으로 벌려도 소용이 없다. 기다림의 순리를 따라야 한다. 때를 기다려야 마침내 만개한 꽃봉오리를 볼 수 있다.
　신은 인간을 채찍으로 길들이지 않고 시간으로 길들인다.
　젊은 그대, 인생을 너무 조급하게 생각하지 마라. 성급함에 밀리지 않고 정렬을 잠재울 줄 알아야 한다. 그대라는 꽃은 언젠가 활짝 피게 되어있다. 기다림을 통해 그대 자신의 주인이 되어라. 기다릴 줄 아는 것이 성공의 비결임을 명심하라.

"성공에는 세 가지 요체가 있다. 운(運), 둔(鈍), 근(根)이 그것이다. 사람은 능력 하나만으로 성공하는 것은 아니다. 운을 잘 타야 하는 법이다. 때를 잘 만나야 하고 사람을 잘 만나야 한다. 그러나 운을 잘 타고 나가려면 역시 운이 다가오기를 기다리는 일종의 둔한 맛이 있어야 한다. 운이 트일 때까지 버티어내는 끈기와 근성이 있어야 한다."

작고한 이병철 삼성그룹 창업자가 한 말이다. 회사에서 열심히 일하는데도 매일매일 전혀 발전을 느낄 수 없거나 더디다고 하더라도 초초해하거나 조급해하지 말아야 한다.

성장은 계단식으로 나타난다. 포물선과 같은 상승곡선이 아니다. 어느 순간까지는 발전이 더디고 힘든 과정을 거치지만, 이 단계를 거치고 이겨내면 급격하게 성장하는 자신을 발견하게 될 것이다. 이와 같은 성장의 사이클은 새로운 지식이나 기술 습득, 프로젝트의 완성, 업무 숙련, 어려움 극복과 그 획을 같이 한다.

"Stay hungry, Stay foolish."

세상을 떠난 스티브 잡스가 생전에 한 말이다. "끊임없이 갈망하고 끊임없이 우직스러움을 유지해야"만 목적을 달성할 수 있다는 그의 인생관이 담겨있다. 그는 수많은 힘든 과정을 거치며 'stay'라는 끈질긴 투혼이 있었기에 세계적인 창조자로 우뚝 섰다.

"이 분야는 나랑 안 맞아.", "아무리 노력해도 결과가 안 좋았어.", "재미가 없어."….

끈기가 없는 사람이 통상적으로 하는 말들이다. 포기할 이유를 찾는 건 너무나 쉽다. 어려움에 처했을 때 '스톱'이라는 버튼을 누르지 말고 끈기를 가지고 꾸준히 추진하라.

'잘나가는 청춘'은 '강한 사람'이 아니라 '끈질긴 사람'이다. 이 끈질김이 바로 끈기다. 성공이란 남들이 끈을 놓아버린 뒤에도 계속 매달려 있는 사람에게 돌아가는 대가이다. 강한 사람이 성공하는 것이 아니라 끝까지 가는 사람이 성공한다. 안 된다고 생각해 포기하지 않고 버티는 사람이 승리자이다.

그대가 힘든 일을 끈기를 가지고 끝까지 노력한다면 '잘나가는 청춘'은 그대의 눈앞에 다가올 것이다. 마음의 관념인 한계를 지나면 쉬워질 수도, 성사될 수도 있다.

중도 포기할 만큼 힘든 상황에서 조금만 더 버텨야한다. 마지막이라고 느껴질 때 끈기를 발휘해야 한다.

끈기를 발휘할수록 스스로에 대한 믿음도 커진다. 자신이 그만두지 않는 한 '잘나가는 청춘'은 당연히 보장된 것처럼 여기고 '될 때까지, 할 때까지, 이룰 때 까지' 끈기를 발휘하라.

성공이란 남들이 끈을 놓아버린 뒤에도 계속 매달려 있는 사람에게 돌아가는 대가이다. 강한 사람이 성공하는 것이 아니라 끝까지 가는 사람이 성공한다.

직장에서 일하면서 주위로부터 자주 말을 듣고 자신도 느끼는 말이 "돈 벌기 정말 힘들다"일 것이다. 맞는 말이다. 이 말 속에는 돈을 벌기 위해 일하는 것도 힘들지만 때로는 상사로부터 때로는 고객으로부터 여러 가지 자존심에 상처받는 상황을 두고 하는 말일 것이다.

어쩌면 월급은 일하는 대가에다 자존심이 상하는 대가인지도 모른다. 끈기와 인내로 버티면서 성장해야 한다. 불쾌한 일을 참고 견디는 힘이 없다면, 그대는 결코 '잘나가는 청춘'이 될 수 없다.

인내는 정신의 숨겨진 보배다. 그것을 활용할 줄 아는 사람이 현명한 사람이다. 인내를 기르기 위해서는 목표를 세우고 달성하기 위한 열정을 가져야 한다. 구체적인 계획아래 실행해야 한다. 부정적인 충고를 하는 사람에게는 무관심하고, 목표를 격려해 주는 사람과는 우호적인 관계를 유지하라.

인생의
밀물과 썰물

그대는 2011년 10월 히말라야 안나푸르나 신 루트 개척 도중 실종된 박영석 대장을 기억할 것이다. 그는 위대한 산악인이었으며 탐험가였다. 그는 산 하나를 정복했다고 해서 그것에 만족하지 않았고 보다 높은 산, 보다 험준한 산에 끊임없이 도전했다.

그대는 박영석 대장의 자세처럼 삶을 살아가면서 호기심을 가지고 인생을 탐험하는 탐험가가 되어 끊임없이 꾸준히 도전해 나가야 한다.

돈이 많은 기업가가 평생 동안 지낼 수 있는 돈이 있는데도 아무 일도 하지 않고 흥청망청 쓰기만 하는가? 그들은 끊임없이 새로운 일에 도전하고 있지 아니한가?

세상 원리에 밀물의 때가 있고 썰물의 때가 있듯이, 인생에도 앞으로 나갈 때가 있고 뒤로 물러날 때도 있다. 이처럼 그대는 앞으로 일을 해나가는 과정에서 성취를 통해서 만족감을 느끼는 때도 있고, 실패하면서 좌절을 느끼기도 할 것이다.

이때 성취했다고 해서 우쭐하거나 안주해서는 안 되며 실패했다고 해서 두려움을 느껴서도 안 된다. 성취했을 때는 스스로 겸손한 자세를 가져야 하며, 실패했을 때는 용기를 발휘하는 자기관리를 해야 한다.

성공 가도에 있어서 이룬 작은 성취에 도취되어 자만심에 오염되면 앞으로 더 나아갈 수 없다. 자만에 빠지면 '이 정도해도 되는데…' 하면서 변화를 꺼리고 안주하는 자세를 취하게 된다.

성취를 이룰 때 긴장을 늦추지 않고 자신을 낮추고 겸허해야 한다. 성취를 관리하지 못하고 어영부영하면 권태의 제물이 되어 금세 무너져 내린다. 얻는 데는 오랜 시간이 걸리지만 잃는 것은 순식간이다.

항상 자신에 대하여 냉정한 자세를 취해야 한다. 자신을 채찍질하는 엄격함과 쉽게 만족하지 않는 높은 기준, 비전과 목표에 대한 집념, 자기혁신의 자세를 지녀야 한다.

그대가 추구하는 성공은 일순간의 대박을 뜻하는 것이 아니라 평생에 걸쳐 노력하는 과정이다. 성공은 여행이지 목적지가 아니다. 성취는 한 번으로 끝나는 것이 아니라 지속되어야 한다. 어떤 목표를 달성하면 새로운 목표를 정하고 그곳을 향해 나아가야 한다.

하나의 목표 달성에 머무르고 지킬 생각만 한다면 지켜지지도 않을 뿐만 아니라 몰락이 시작된다. 만족과 안주는 곧 쇠퇴의 시작이다. 큰 것을 이루지 못함은 작은 것에 쉽게 만족하기 때문이다. 향상의 첫 걸음은 현재 지위에 머물지 않겠다는 결심이다.

성취는 성공을 낳을 수 있지만, 성취에 만족하지 않는 경우만 그렇다. 중요한 것은 그대가 무엇을 이루었느냐가 아니라 무엇을 하느냐다. 안주하지 말고 성공을 향한 사다리를 한 단 한 단 착실하게 올라가라.

작은 성취에 만족하여 안주하는 것보다는 실패가 훨씬 낫다. 왜냐 하면 안주할 때는 변화를 꺼리고 기존의 규칙과 질서를 계속 따르게 된다. 그렇게 되면 세상 변화를 외면하고 역행하여 후퇴하는 삶을 살 게 된다. 하지만 실패를 하게 되면 사고방식과 대처 방안을 달리하는 습관을 들이게 되어 알찬 인생을 살 수 있게 된다. '잘나가는 청춘'이 되려면 늘 소망을 품고 있으면서 지금 상태에 만족하지 않고 정진해야 한다.

일희일비하지 마라. 만족하지 마라, 작은 성취가 그대를 죽일 수 있 으니.

홈런왕은
삼진왕이다

세계적인 스케이트 선수 김연아는 훈련을 하면서 헤아릴 수 없을 만큼 넘어져 엉덩방아를 찧었고 얼음판 위에 주저앉아 눈물을 흘렸다. 하지만 그때마다 일어나 다시 얼음판 위를 내달렸다. 그랬기 때문에 오늘날의 김연아가 탄생될 수 있었다.

누구나 넘어질 수 있다. 그러나 넘어진 모든 사람이 다시 일어설 수 있는 것은 아니다. 넘어졌지만 일어서기 위해 노력해야 한다. 인생에서 중요한 것은 실패하지 않는 것이 아니라 실패해도 좌절하지 않고 다시 일어나는데 있다. 실패에 굴복하는 것만이 실패이다. 큰 승리는 넘어질 때마다 일어나는 사람에게 오는 것이다.

작은 성취는 실패 없이도 가능하지만 성공 뒤에는 항상 쓰라린 실패가 있게 마련이다. 인간은 쉬운 싸움에서 이기는 것보다 어려운 싸움에서 패배하면서 비로소 성장한다.

실패 후에 좌절하느냐 다시 일어서느냐 하는 것이 '잘나가는 청춘'과 '흔들리는 청춘'을 결정한다. 성공을 거둔 인물은 실패에도 용기를 가지고 다시 일어나서 승리를 거머쥐었다.

실패로 인해 상처받지 마라. 실패를 받아들이고 인정하라. 그래야 실패를 딛고 일어설 수 있다.

누구나 성공을 이루기 전에 수많은 일시적 패배와 몇 번의 실패를 겪는다. 패배가 찾아왔을 때, 가장 논리적이고도 쉽게 취할 수 있는 조치는 포기다. 그것이 바로 대다수의 사람들이 취하는 조치다. 그리고 그것이 바로 대다수의 사람들이 평범한 사람으로 남는 이유다.

실수하고 실패한 후 다시 솟아오르는 능력이 있어야 한다. 꿈을 이루기 위해, 실패가 발목을 잡도록 하면 안 된다. 성공은 실패를 바탕으로 한다. 실패를 당하면 "그만 둬야지" 하고 속살거리는 마음이 그대를 유혹할 것이다. 포기하지 않는 것이 옳은 일임을 알면서도 지치고 피곤하고 열정이 다 말라붙어 차라리 포기하여 실패를 감수하는 편이 훨씬 낫겠다고 판단할지 모른다. 그냥 포기하고 마는 것이 좀 더 쉽고 덜 고통스럽다고 느낄 수도 있다.

이것은 실패에 그대의 몸을 내맡기는 행위다. 물에 빠진다고 해서 익사하는 것이 아니라 물에 빠진 후 가만히 있으면 그때 익사하게 되는 것이다. 실컷 두들겨 맞았다고 해서 패배하는 것이 아니라 그 상황에 계속해서 머물러 있을 때에 패배하는 것이다.

하지만 결국에는 실패에 주저앉느냐 성공을 향해 다시 일어서느냐는 그대의 선택에 달려있다. 실패에서 어떤 길을 선택하느냐가 인생의 중대한 갈림길이다. 한쪽은 '잘나가는 청춘'으로 이어지는 길이고, 한쪽은 '흔들리는 청춘'으로 굳어지는 길이다.

숱한 실패가 모여 하나의 성공을 이룬다. 실패의 상황에서 포기를 거부하고 끈기를 가지고 노력을 기울여라. 한 걸음만 더 나아갈 힘이 있다면, 명심하라. 포기하는 것보다 계속하는 것이 훨씬 더 낫다는 사실을.

"실패는 삼성인에게 주어진 특권으로 생각하고 도전하고 또 도전하라. 기존의 틀을 깨고 오직 새로운 것만을 생각해야 한다."

이건희 삼성그룹 회장의 말이다. 도전 끝에 실패한 것을 용인하는 기업 풍토가 중요하다. 도전한 결과를 가지고 벌하게 되면 복지부동의 자세가 되어 결국 침체의 늪에서 헤매게 된다. 실패를 용인해야 자발적인 시도와 개척, 도전에 나설 수가 있다.

실수하고 실패한 후 다시 솟아오르는 능력이 있어야 한다. 꿈을 이루기 위해, 실패가 발목을 잡도록 하면 안 된다. 작은 성취 후에 실패를 부르는 사람이 있는가 하면, 실패를 모아 성공을 이루는 사람이 있다.

마찬가지로 개인에게 있어서도 성공하려면 실패를 결코 두려워해서는 안 된다. 실패의 두려움에 마음을 빼앗기는 사람은 새로운 일을 시작할 수 없다. 설령 시작했다 해도 성공의 확률이 낮아질 수밖에 없다. 성공을 거두기를 목표로 한다면 일시적인 실패로 인해 괴로울 수도 있고, 연속적으로 실패할 수 있다는 것도 예상해야 한다.

야구에서 삼진을 두려워하면 홈런 타자가 될 수 없다. 농구에서 노골이 두려워 슛을 던지지 않으면 골을 넣을 수 없다.

홈런타자들은 많은 홈런을 치는데 비례하여 많은 '삼진아웃'을 당하고 병살타를 친다. 관중들은 홈런타자에 대하여 홈런을 많이 치는 것에 대하여 환호하고 기억하지만, 삼진을 많이 당한 것에 대하여는 개의치 않는다. 홈런타자는 삼진을 당한 이유를 분석하고 연습하여 또 다시 홈런을 친다.

그대도 마찬가지다 그대가 목표로 하는 것은 인생에서의 홈런인 성공이므로 성공하는 과정에서 겪는 소소한 실패에 대해서는 개의치 말고 실패의 이유를 분석하고 실력을 쌓아나가야 한다.

대개 홈런타자가 단타를 치는 타자보다 훨씬 많은 삼진을 당하듯이 성공하는 사람은 작은 성취를 이룬 사람보다 많은 실패와 때로는 끔찍한 실패를 겪지만 다시 일어선다.

야구선수가 삼진을 당하지 않는 유일한 방법은 타석에 나서지 않는 것이다. 그러면 홈런도 안타도 삼진도 당하지 않을 것이다. 이처럼 실패하지 않는 가장 좋은 방법은 아무것도 시도하지 않는 것이다. 그러면 성공은 고사하고 그 무엇도 얻을 수 없다. 투자를 하지 않고서는 그 어떤 수익도 불가능한 것 아닌가? '시도하지 않으면 얻는 것도 없다'는 것은 영원한 진리다.

실패하는 매순간마다 자신을 추슬러 목표에 한 발 더 다가서라. 실패하는 것이 불명예가 아니라 다시 도전하지 않는 것을 불명예로 여겨라.

창창한 젊은 그대, 실패를 두려워하지 말고 시도하라.

그대는 학창 시절 시험에서 틀린 문제를 또다시 틀린 경험을 가지고 있을 것이다. 학창 시절에는 시험 점수만 낮게 받으면 괜찮지만 업무에서 특정한 부분의 반복적인 실수나 실패는 주의력 부족으로 용납될 수 없는 일이다. 같은 유형의 실수나 실패를 되풀이하지 말아야 한다.

실패를 저지를 때 먼저 자신의 책임을 인정하는 자세가 필요하다. 그런 다음에 원인을 냉정하게 분석하고, 개선책을 내고, 아이디어를 실천해야 한다. 이런 과정을 거쳐야 같은 실패를 반복하지 않게 되고 진정한 발전이 이루어진다.

그럼에도 불구하고 "이런저런 상황 때문에 실패할 수밖에 없었다"면서 변명과 상황논리를 내세우면서 자기 합리화를 하는 것은 실패에서 아무런 반성을 하지 않는 행위다. 이런 정신 자세에서 개선책이 나올 리 만무하다보니 또다시 같은 실패를 저지르게 되는 것이다.

'트리핑 포인트(Tripping Point)'란 단어가 있다. 실패를 깨달음으로 승화시킨 단어로 '인생을 살다가 엉덩방아를 찧으면서 퍼뜩 실패라는 것을 깨닫는 순간'을 일컫는다. 실패를 중요한 배움의 기회로 삼아 긍정적이고 발전적인 방향으로 나아가라는 뜻을 담고 있다.

실패에서 배워야 한다. 성공은 종종 현재에 실패하는 모습을 가장하고 다가온다. 그 실패 안에 그보다 더 큰 성공과 이익의 씨앗이 숨겨져 있을 수 있다. 그대가 만약 실패했다면 반드시 해야 할 일은 그 실패 속에서 성공의 씨앗을 찾아내는 것이다.

'우리가 '경험'이라 부르는 것들은 실패의 합계일 때가 많다.' (註 : 파울로 코엘료,《흐르는 강물처럼》에서 인용) 실패의 경험을 통해서 지혜를 가능한 언어라. 실패는 생각하게 만들고, 생각은 지혜롭게 만든다. 그대가 겪게 되는 실패로부터 지혜의 핵심을 얻게 된다면 그대는 빠른 속도로 배우고 성장할 수 있다. 실패는 그대의 미래를 더욱 성공적으로 만들기 위해 무엇이 필요한가를 알려주는 고마운 존재로 받아들이라.

밧줄을
놓아버려야 할 때도 있다

　그대가 유리잔에 물을 따라 마시려다가 떨어뜨려 잔이 산산조각이 났을 때 어떻게 해야 하겠는가? 산산조각 난 유리잔은 다시 붙일 수 없고 다시 새 유리잔을 가지고 물을 마셔야 한다.

　목표를 세우고 최선의 노력을 기울였음에도 불구하고 실패로 끝났을 때, 그 실패를 통해 교훈을 얻고 재기할 수 있는 창조적 실패가 아니라 산산조각 난 실패로서 도저히 현실적으로 불가능하다고 판가름 났다면 포기해야 한다. 실패에서 다시 일어서라는 것은 계속 매달리라는 것이 아니다. 잡고 있는 밧줄을 놓아버려야 할 때도 있는 것이다. 어쩔 도리가 없거나 결론이 난 일은 다시 시도할 필요가 없다.

불가능함에도 너무 오랫동안 그것을 갈구하며 노력해왔기 때문에 이제 그것을 포기하면 그대의 존재가치가 없어진다고 생각하고 계속 매달리려고 할지 모른다. 그대를 고통스럽게 만드는 것은 '포기할 수 없는 마음'이다. 도저히 가능성이 없는 일에 어리석은 집착을 내려놓는 것이 '잘나가는 청춘'의 자세이다. 인정하기 싫어서, 노력한 것이 아까워서 산산조각 난 실패와 단절하지 못한다면 '흔들리는 청춘'의 수렁에 빠지고 만다.

포기할 때는 단호히 포기할 줄 알아야 한다. 산산조각 난 실패는 포기하고 새로운 목표로 방향 전환하는 용기와 큰 결단을 발휘해야 한다. 아울러 외부적인 상황이나 불가피한 여건에 의해 일시적인 실패를 맛보았을 경우에는 일단 전진을 멈추고 상황을 지켜보는 것도 현명할 때가 있다.

전진이 항상 바람직한 것만이 아니고 후퇴가 항상 소극적인 것만도 아니다. 위험이나 곤경의 순간에는 때로는 멈추거나 후퇴하는 것이 최상의 전략일 수 있다. 그럼으로써 내면의 힘을 비축할 수 있고 나중에 행동을 취해야 할 때가 도래하면 그 비축된 엄청난 위력을 발휘할 수 있다.

그대, 때로는 포기하거나, 멈추거나, 후퇴하는 것이 더 나은 방향으로 내딛는 행위임을 명심하라.

그대의 머릿속에는 '무엇을 할 것인가'로 가득 차 있을 것이다. 하지만 때로는 '무엇을 중단할 것인가'에 대하여 깊이 생각할 수 있어야 한다. 무엇을 어떻게 할 것인지를 결정하는 것은 중요하지만 그것 못지않게 무엇을 하지 말 것인지를 결정하는 것도 중요하다.

때로는 '그것을 계속 하지 않겠다'고 결심하는 것을 주저하지 말아야 한다. '더 이상 하지 않겠다'는 것은 '하는 것에 집중하겠다'고 결심하는 것보다 중요할 때가 있다.

그대가 최선의 능력을 발휘하여 '잘나가는 청춘'이 되기 위해서는 할 수 있는 일과 할 수 없는 일이 무엇인지 알아야만 한다. 자신의 능력으로 할 수 있는 일들이 있고, 아무리 노력해도 할 수 없는 일들이 있다는 것을 깨닫고 인정해야 한다. 만약 할 수 없는 일에 발목이 잡혀서 계속 매달린다면 '흔들리는 청춘'이 되어 잘할 수 있는 일도 할 수 없게 된다.

할 수 없는 일은 애초부터 시도하지 않는 것이 좋겠지만 시도하다가 도저히 이룰 수 없다고 판단이 서면 포기해야 한다. 아까운 청춘의 세월은 빠르게 지나가고 있는데 그대 능력으로는 결코 변화시킬 수 없는 일을 붙잡고 있다면 이것은 청춘을 낭비하는 것이다. 그대의 능력으로 할 수 있는 일에 집중한다면 인생은 더욱 풍요로워질 것이다.

포기란 때로는 비겁한 것이 아니라 현명할 수 있음을 명심하라.

삶의 무거움과 가벼움

자네가 읽어보았는지 모르겠는데 체코 출신 작가인 밀란 쿤데라가 쓴 《참을 수 없는 존재의 가벼움》이라는 소설이 있어. 인간이 역사의 주체로서 삶의 무거움을 안고 살아가는 가운데, 가볍게 살고 싶은 욕망에 사로잡히는 현상을 보여주고 있지.

이 소설이 영화로도 나왔는데 국내에서는 영화의 배경인 1968년 체코에서 일어난 민주화 운동의 이름을 따서 《프라하의 봄》이라는 제목으로 개봉되었어. 나는 집에서 DVD로 이 영화를 의미 있게 보기보다는 재미있게 보았지.

내가 대학에 다닐 때는 유신에 반대하는 민주화를 위한 데모가 끊일 새가 없었어. 심심하면 휴교령이 떨어져 대학문을 닫기가 일쑤였고, 집회도 금지되어 대학축제는커녕 몇몇이 모이는 것도 금지되곤 했어.

내가 대학생 시절 소위 말하는 '10·26사태'라는 박정희 대통령 시해 사건이 일어났는데 비상계엄령이 발동되어 대학이 장기간 휴교에 들어갔지. 나는 대학생 신분으로 주요 일간지에 반복되는 대학 휴교 사태와 관련하여 '우리의 문은 열렸는가'라는 글을 기고하여 내 사진과 함께 큼지막하게 게재되었어. 일부 원고는 비상계엄 검열에 걸려 삭제되고 그 자리에는 삽화로 처리되었지. 30년이 넘은 빛바랜 그 기사를 보관하고 있는데 커다란 자부심을 느끼고 있어.

나의 대학 시절은 취직 문제나 개인의 장래보다는 나라 걱정한답시고 이념서적도 보고 시국토론도 하고 학생운동도 하고 데모 주동도 해보곤 했지. 마치 위 소설의 무거운 삶을 살아가는 사람처럼 말이야.

자네는 대학시절 청춘을 구가했고, 방학이면 외국에 배낭여행을 다녔고, 외국어학원에서 어학 실력을 길렀고, 봉사활동도 하면서 장래를 위한 스펙 쌓기에 몰두하여 원하는 직장에 취직이 되었어.

어떻게 하는 것이 바람직하다는 것이 아니라 인간은 자신이 처한 상황을 인식하고 행동하는 것이니까 아마도 시대적 상황이 그렇게 만든 것이겠지.

그런데 말이야 자네가 취직한 뒤로 마치 봇물 터진 듯 즐거움을 훨씬 넘어 비생산적인 쾌락만을 추구한다고 들었어. 이성과의 관계와 퇴근 후 동료들과 어울려 술을 마시는 것과 휴일이면 컴퓨터 게임에 몰두하는 생활이라고 말이야. 밀란 쿤데라의 관점에서 보면 가벼운 삶이겠지.

삶을 무겁게만 사는 것은 인간 본성의 차원에서 문제가 있지만 지나치게 가볍게 사는 것은 경제적으로나 육체적으로나 정신적으로 황폐화를 가져오기 때문에 더 큰 문제가 있는 것 같아. 삶에 있어서 쾌락 추구는 당연한 것이지만 그 쾌락도 소모적이고 비생산적인 쾌락이 아니라 창조적이고 생산적인 것이 훨씬 낫지 않을까? 물론 항상 그럴 수만은 없지만 말이야.

건전한 연애, 문화 예술, 운동, 여행 등은 생활에 활력을 주어 역동성을 가지게 하는 창조적이고 생산적인 쾌락이지만 지나친 음주, 도박, 무절제한 섹스는 편협하고 잘못된 형태의 쾌락이야.

그리고 쾌락에 대한 개념도 정립할 필요가 있어. 흔히 쾌락이라 하면 단순히 말초적인 감각기관에 대해 느껴지는 감정을 생각하게 마련이지만 쾌락은 자아를 실현하거나 어떤 일에 성공하거나 만족했을 때 느끼는 지적, 정신적 성취감을 포괄하는 개념이기도 하지.

자네는 그러겠지. 입사한지 얼마 되지 않아서 당분간 실컷 즐기고 다시금 생활의 중심을 잡을 것이라고 말이야. 하지만 입사 후 처음 몇 달 간의 생활 패턴이 그대로 굳어질 수 있어.

'돈을 어떻게 쓰는가?' 하는 것이 생활 패턴의 바로미터야. 돈을 현명하게 써야 해. 지갑을 꺼내지 않아야 할 때는 꺼내지 말고, 꺼내야 할 때 꺼내야 하는 거야. 이것이 어쩌면 사회생활의 성공 여부를 판가름하는 것이며 인생살이의 전부야.

내가 예전에 회사 생활을 할 때에 회식 후에 자신이 돈을 내지 않아도 될 상황인데도 먼저 지갑을 꺼내 돈을 지불해 버리는 직원을 보았어. 그 직원은 집안 형편이 별로 좋지 않는데도 술이 거나해지면 실랑이를 벌이면서까지 자신이 돈을 내버리는 거야. 그러다보니 회식만 하면 그 직원은 흔히 말해서 완전히 '호구'야. 돈을 내는 그 직원에 대한 고마움보다는 술주정한 것으로 치부해 버리는 거지. 이처럼 돈을 써서는 안 돼.

요즈음은 더치페이가 어느 정도 정착되었지만 그래도 주변 사람들을 곰곰이 살펴보면 평소 얼마 안 되는 돈을 쓰면서도 돈을 써야 할 때 써서 후하다는 평가를 듣는 사람이 있는가 하면 쓸데없이 돈을 써서 좋은 인상도 주지 못하고 낭비한다는 평가를 받는 사람이 있다는 것을 명심해야 할 거야.

사회생활 초창기에는 저축에 너무 신경 쓰지 마. 그렇다고 무절제하게 소비하라는 말은 아니야. 창조적이고 생산적인 소비를 하라는 거지.

인간관계를 맺거나, 여행이나 영화 연극 오페라 뮤지컬 등 문화예술 공연 관람, 스포츠 관람을 하는 데에는 돈을 아끼지 마. 인간관계를 맺기 위해 돈을 쓸 때에 밥을 사는 '밥 지갑'은 쉽게 열어도 술을 사는 '술 지갑'은 쉽게 열지 마. 그리고 멋있는 사회생활을 하기 위해 형편이 되는 한도에서 옷 사는 데에도 돈을 아끼지 마.

　사회 초창기에는 자기개발에 가장 돈을 많이 써야 해. 책을 구입하고 어학 실력을 기르고, 자격증 취득을 위해 학원에 다니고, 대학원에 진학하는 데에는 아낌없이 써야 해.

　몸짱 얼짱은 사회적 경쟁력이야. 몸짱 얼짱을 가꾸는 데에도 돈을 써야 해. 그리고 가능하다면 악기 연주를 배우는 것도 필요할 것 같아. 요즈음 성인들 사이에 색소폰 연주를 배우는 것이 유행처럼 되어 있어. 나는 아직 배우지 않았는데 주위에 배우는 사람을 보면 부러워.

　너는 플롯이나 클라리넷을 배우면 어떨까 해. 악기도 휴대하기도 간편하니 익혀서 사회생활을 할 때에 기회가 되어 연주한다면 자신을 어필하거나 친교에 있어서 매우 유용할 거야. 그리고 연인에게 연주해 주면 얼마나 멋있겠어?

　절대로 도박이나 지나친 음주에 돈을 써서는 안 돼. 이것은 생활의 철칙이 되어야 해.

　소비와 생활 패턴은 직결되어 있어. 자네는 자신의 소비 행태를 되새기면서 건전한 소비로 건전한 생활 패턴을 기르고 유지해야 해. 자기개발과 창조적인 놀이로 무거운 삶과 가벼운 삶의 조화를 이루면서 역동적인 삶을 살아가야 해.

　거창하게 역사적 존재까지 들먹일 필요까지야 없겠지만 나날의 삶에서 자각적 존재로 거듭나려는 진지한 노력을 계속하기를 바라.

3

꽃은 햇살이 비치는
쪽을 향해 핀다

현대사회는
Know Who의 시대이다

'가난함이란 지금까지는 갖지 못한 것을 의미했으나, 가까운 장래에는 소속되지' 못한 것이 될 것이다. 미래에는 첫째가는 자산이 네트워크에의 소속이 될 것이다. 이것은 '주도적으로 성취해가는 삶을 살아갈 수 있는 우선적 조건이 될 것이다.'

프랑스의 대표적인 지성인 자크 아탈리의 《인간적인 길》에 적혀있는 글이다.

현대사회는 누구를 아느냐, 즉 Know Who의 시대이다. 인간관계가 '잘나가는 청춘'의 열쇠다. 누군가를 알고 그대를 긍정적으로 생각하는 사람이 늘수록 목표를 달성할 기회가 늘어난다. 원대한 목표를 이루고 싶다면, 다른 사람들과 많이 접촉하고 협력하지 않으면 안 된다.

직장에서는 진급할수록 필요한 사람을 연결하여 문제를 해결하거나 정보를 얻는 일이 중요하다. 예를 들어 프로젝트 수주 경쟁에서 이길 수 있도록 발주처가 원하는 게 무엇인지 알아내기 위해 발주처 책임자와 가까운 사람을 활용할 수 있다면 결정적인 도움이 될 수 있다.

아무리 실무를 잘해도 인적 네트워크가 부족해 이런 역할을 제대로 수행하지 못하면 '잘나가는 청춘'이 되기 어렵다. 네트워크는 '잘나가는 청춘'의 필수조건이다. 더 많은, 더 나은 인간관계를 쌓아가고, 그리하여 영향력 있는 사람들로부터 인정을 받아야 한다. 좋은 인간관계를 많이 가져야 하고 도움이 되는 사람을 많이 알아두어야 한다.

혼자 개인적으로만 노력하여 가능한 성공은 존재하지 않는다. 사회생활을 시작하기 전에 혼자 열심히 노력하여 스펙을 쌓거나, 고시에 합격하거나, 박사학위를 따거나, 자격증을 취득하면 인생에 큰 전환점을 마련할 수는 있다. 하지만 이것은 사회생활의 단초가 될 뿐이며 그 다음부터는 이와 관련된 세계에서의 인간관계가 성공여부에 큰 영향을 미치게 된다.

하지만 실력도 없으면서, 실력을 기르고 가꾸지 않으면서 인간관계에만 신경 쓰는 것은 문제가 있다. 이것은 언젠가 그 속이 드러나게 되어 교활한 사람으로 낙인찍히게 될 것이다. 인간관계란 어디까지나 자신이 하고 있는 분야에서 실력을 갖추고 최선을 다하는 과정에서 발휘되어야 그 빛을 발할 수 있는 것이다.

인생의 중요한 전환점은 다른 사람들과의 관계에서 생긴다. 누군가의 작은 참여, 한 마디 충고, 한 가지 행동 등으로 인생행로가 바뀌어 버리는 경우가 허다하다.

　잠깐 스치는 인연이 대단한 인간관계로 발전하기도 한다. 단순한 시선의 교환, 솔직한 대화 등으로 시작하지만 곧 훨씬 크고 훨씬 보람된 것으로 성장하기도 한다. 그것은 축복이 되어 그대가 기대하거나 예상하지 못한 세상을 볼 수도 있으며 더 나은 방향으로 그대를 이끌 수도 있다. 한 번의 만남이 인연이 되어 '잘나가는 청춘'의 계기가 되는 것은 비일비재하다.

　작은 인연을 소중히 하라. 어쩌면 그것이 그대의 인생을 풍요롭게 하는 결정적 원인이 될 수 있으니.

　그대는 인생이라는 당구대를 돌며 되는대로 공을 치듯 살아가서는 안 된다. 그대는 마치 범퍼 카를 탄 것처럼 그때그때 부딪치는 사람들과 인간관계를 맺어서도 안 된다.

　그대가 어떤 사람과 인간관계를 맺느냐는 그대의 인격, 주의주장, 목표, 그리고 모든 성취에 막대한 영향을 미친다. 그대의 인간관계의 질적 수준, 양적 규모 수준은 그대의 정체성을 구성하며 인생을 결정한다.

인생을 살아가면서 내려야 할 가장 중요한 결정 중 하나는 어떤 사람과 인간관계를 맺을 것인지 정하는 일이다. 인간관계를 질적 양적으로 좋게 갖는 것은 '잘나가는 청춘'의 중요한 요인이다.

어떤 방법으로 인간관계를 맺어야 할까?

• 제대로 된 사람과 인간관계를 맺어야 한다

진취적이고 긍정적인 시각으로 성공의 길을 걷는 사람과 만남을 가져야 하며 그래야 그런 시각으로 매사를 보고 느낄 것이다. 즐겁고 배울 수 있는 사람과 인간관계를 맺어야 한다. 중요한 것은 제대로 된 사람과 만나려면 먼저 자신이 제대로 된 사람이 되어야 한다.

• 신중을 기해야 한다

쓸데없는 사람과 인연을 맺으면 시간 낭비일 뿐만 아니라 낭패를 볼 수도 있다. 이런 사람과는 인간관계를 맺지 않거나 맺었더라도 멀리해야 하며, 때로는 인간관계를 끊어야 한다. 만약 인간관계를 끝낼 수밖에 없는 상황이라면, 조용히 물러나는 지혜를 발휘하라. 돌이킬 수 없을 정도로 깊은 상처를 남길 수 있는 말과 행동을 하지 마라.

• 학연, 혈연, 지연이 인간관계를 맺는 기초다

끈끈한 동류의식이 바탕이 되어 있는 동창회나 대종회, 향우회 등을 주도하는 사람들은 사회에서 나름대로 성공한 사람들이다. 이들과의 인간관계를 통하여 성공적인 삶의 모습을 보고, 조언도 듣고 필요한 경우 도움을 받을 수도 있다.

잠깐 스치는 인연이 대단한 인간관계로 발전하기도 한다. 단
순한 시선의 교환, 솔직한 대화 등으로 시작하지만 곧 훨씬
크고 훨씬 보람된 것으로 성장하기도 한다.

- **사내 동우회에 적극 참여하라**

사회생활에 있어서 가장 중요한 인간관계는 직장에서 인정받고 원만함을 유지하는 것이다. 사내 취미 생활 동우회에 적극 참여하여 일에서 보여주지 못하는 인간적인 면을 보여주면서 돈독한 인간관계를 형성하고 발전시켜 나가야 한다.

- **포럼 참여도 필요하다**

요즈음 포럼은 학문하는 사람들만의 모임이 아니다. 다양한 포럼이 무수히 많다. 건전한 포럼 활동을 통하여 살아있는 지식과 세상 돌아가는 정보를 얻고 인간관계를 넓혀나가는 것은 바람직하다.

- **대학원 진학도 고려하라**

지식을 쌓을 수 있을 뿐만 아니라 인간관계를 맺어 사회생활에 도움이 된다. 석사과정이 바람직하지만 사정이 허락하지 않으면 6개월 단기 과정도 괜찮다. 어떤 사람은 네트워킹을 위해서 6개월 단기 과정을 이 대학 저 대학 여러 곳에 다니기도 한다.

- **유지하고 발전시키는 것이 더 중요하다**

영어에 'Out of sight, out of mind'란 말이 있듯이 자주 만나지 않으면 인간관계는 소원해진다. 때때로 SNS를 통하여 소통하면서 항상 연결되어 있다는 느낌을 주라. 언제 그 사람을 필요로 하는 상황에 처할 지 알 수 없다.

마음의 문을 여는
열쇠

그대는 자신에게 인사를 정중히 하는 사람에 대하여 어떤 느낌이 드는가?

무슨 꼰대처럼 이런 말을 하느냐고 할지 모르겠다. 요즈음 인성교육이라는 말을 많이 한다. 바로 인성교육은 올바른 태도를 기르는 것이다.

인생에서 실력을 갖추는 것도 중요하지만 태도가 뒷받침되지 않으면 건방지다는 소리를 들으면서 인간관계에서 소외되기 십상이다. 태도에 따른 인간관계가 '잘나가는 청춘'의 중요한 요건이다.

인간은 혼자서는 존재할 수 없으며 서로의 관계 속에서 살아가고 있다. 그러므로 상대방과 접촉할 때의 좋은 태도인 매너가 중요하다. 좋은 인간관계를 맺게 하고 유지 발전시키는 매너를 갖추는 데는 비용이 전혀 들지 않는다. 매너를 갖춘 사람이 되어라.

매너는 자신을 조금 억제하고 상대에게 맞추려고 하는 분별과 양식 있는 행위로 상대에 대한 정중함과 상냥함이다. 매너는 인간관계를 부드럽고 편안하게 만들어주어서 상대방 마음의 문을 여는 열쇠다. 매너 없는 행동은 상대방 마음의 문을 닫게 하지만, 매너는 상대방 마음을 열게 한다.

그대가 사회생활에서 매일 만나는 사람에게 매너를 발휘하면 성공에 엄청난 보탬이 될 것이다. 매너가 부족하여 실패하는 경우가 많다. 매너와 성공과는 비례 관계에 있다. 매너 있는 사람이 되어야 한다. 매너는 평소의 습관이 쌓이고 쌓여서 만들어지는 것이며 아울러 훈련을 통해 갖추어나가는 것이다. 어떻게 하면 매너를 갖춘 사람이 될까?

• 인사

인사는 상대에게 자신을 어필하는 가장 간단한 방법이다. "안녕하세요?"라는 인사 한마디가 좋은 인간관계를 유지시키고 발전시킨다. 인사는 어떠한 경우라도 모자란 것보다는 지나친 것이 낫다.

• 친절

친절은 세상을 아름답게 한다. 모든 비난을 해결한다. 얽힌 것을 풀어헤치고, 곤란한 일을 수월하게 하고, 암담한 것을 즐거움으로 바꾼다. 친절을 베풀면 친절을 되돌려 받는다. 지나친 친절이란 말은 없다.

• 겸손

자기를 낮추고 상대를 높이면 상대방은 마음의 문을 연다. 겸손은 고상한 매너이며 삶의 지혜다. 겸손한 사람이 성과를 올렸을 때는 공감하면서 칭찬하지만 오만한 사람이 같은 일을 했을 때는 시기와 질투를 받기 쉽다.

• 배려

자신보다 먼저 상대방을 생각하는 마음이 배려이다. 배려는 해야 할 의무를 지닌 것이 아니지만 의무감보다 한 단계 높은 마음 씀씀이다. 인간이란 원래 조그마한 것에 감동하게 마련이므로 사소한 배려가 상대방에게 감동을 줄 수 있다.

벼는 익을수록
머리를 숙인다

바다와 강이 산골짜기 물줄기보다 항상 낮은 곳에 있다는 사실을
알고 있는가?

물이 바다로 모이는 것은 바다가 낮은 곳에 있으며 모든 물을 수용
할 수 있는 역량이 되기 때문이다.

자신을 낮추면 더 높게 대접받는다. 타인보다 높은 곳에 있기 바란
다면 그들보다 아래에 위치하라. 항상 자기가 설 곳보다 조금 낮은 장
소를 택하라.

스스로 높아지려 한다고 해서 높아지는 것이 아니다. 내려가라는
말이 아니라 올라가라는 말을 듣도록 하라.

요즈음은 자기가 잘 났다고 뽐내는 시대다. 하지만 자기과시는 미움을 사며 시기심을 유발시킨다. 이러한 때에 지혜로운 자는 교만이 아닌 겸손의 미덕을 발휘한다. 겸손은 인생에서 성공하기 위한 열쇠다. 왜냐하면 교만은 인간관계를 해치고 겸손은 인간관계를 돈독하게 하기 때문이다.

　겸손은 자기를 낮추고 상대를 높이는 것이지만 어떤 면에서 겸손은 자신을 낮추는 것이 아니라 자신을 세우는 것이다. 벼는 익을수록 머리를 숙인다. 진정으로 실력과 용기를 가진 사람만이 겸손할 수 있다. 실력이 있는 사람의 겸손은 진심이며, 약한 사람의 겸손은 비굴함으로 비쳐질 수 있다. 겸손하게 행동하되 비굴하지 마라.

　중요한 사람인 척하지 말고 중요한 사람이 되도록 노력하라. 자신은 행동으로 만족하고 그에 대한 얘기는 남들에게 맡겨라.

　어떤 사람은 이것저것 다 잘하는 것처럼 나서는 사람이 있고, 이것저것 다 잘하기를 추구하는 사람도 있다. 전문화 시대에 팔방미인이 되려고 하지 마라. 팔방미인이 되려는 노력은 역겨움을 산다. 아무런 쓸모가 없다는 것은 커다란 불행이지만, 매사에 쓸모 있는 사람이 되려는 것은 더 큰 불행을 낳는다.

자기표현을 아끼면 더 높은 평판을 얻게 된다. 두뇌는 명석해지도록 충분히 연마해 두어야 하지만 그 명석함을 드러내지 않고 느긋하게 간직하고 있어야 한다. 머리가 지나치게 명석하면 주위 사람들이 두려워한다. 명석함이 지나치게 많으면 사람들이 질시하므로 드러내고자 안달하지 마라.

친구를 얻고 싶은가? 적을 만들고 싶은가? 적을 만들기 원한다면 내가 그보다 잘났다고 말하고 다녀라. 친구를 얻고 싶다면 그가 나보다 뛰어나다고 느끼게 해주어라.

직장생활에서는 시기와 질투가 있기 마련이다. 이러한 상황에서 겸손한 사람이 어떤 일을 성사시켰을 때는 공감하지만 교만한 사람이 같은 일을 했을 때는 시기와 질투라는 감정이 생기기 쉽다. 사람의 마음을 얻기 위해서는 겸손해야 한다. 주어진 일이 중요하고 많아질수록 더욱더 겸손해져라.

오만하면 '잘나가는 청춘'이 아니라 '흔들리는 청춘'이 되고 만다. 자기가 잘났다고 행동하는데 어느 누가 좋아하겠는가? 이렇게 되면 주위로부터 '그래 너 혼자 잘해봐' 하는 비아냥을 듣게 되면서 인간관계도 형성되지 않고 소외되어 버린다. 그렇게 되면 조언도 들을 수 없고 일을 하는데 있어서 협조를 받기도 어려워진다.

친구를 얻고 싶은가? 적을 만들고 싶은가? 적을 만들기 원한
다면 내가 그보다 잘났다고 말하고 다녀라. 친구를 얻고 싶다
면 그가 나보다 뛰어나다고 느끼게 해주어라.

인간은 불완전한 존재라는 사실, 타인과의 협력에 의해 비로소 그 불완전함이 채워질 수 있다는 사실에 늘 겸허할 수 있도록 스스로 경계해야 한다. 항상 자신이 오만해지는 것을 경계하고 어릴 때부터 귀에 못이 박히도록 들어온 경구를 가슴에 새기면서 행동하라.

'벼는 익일수록 머리를 숙인다.'

그대는 더 나아가 머리를 숙이는 정도가 아니라 허리를 숙여야 한다.

패션으로
그대의 가치를 높여라

그대는 직장에서 고급스럽게 옷을 잘 입은 사람을 보면 어떤 기분이 드는가? '주제에 사치하고 있네'라는 기분이 드는가?

첫인상에서 옷이 차지하는 비중은 얼마나 된다고 생각하는가?

출근할 때 어떤 복장을 하고 다니는가?

패션의 중요성을 알고 신경을 쓰고 있는가?

수수한 차림이 검소하고 순진하게 보인다는 선입견을 가지고 있지는 않는가?

그대는 매일 아침 출근을 하면서 '오늘 패션을 어떻게 할까?' 하고 생각할 것이다. 패션은 얼굴 표정만큼이나 중요하다.

'처음 만난 사람에 대한 인상 결정이 4초 내에 이루어진다'는 연구 결과가 있다. 대부분의 사람들은 새로운 사람을 만나서 4초면 첫인상이 각인되어 판단하고, 30초 안에 자신이 받은 첫인상을 재확인하고 정당화하려는 식으로 마음이 움직인다는 것이다. 사람은 매우 시각 중심적이다. 사람들은 다른 사람을 평가할 때 시각에 많이 의존한다.

패션은 개성과 품격을 표현하는 척도로 인간관계에 큰 영향을 미친다. 상황에 맞는 세련된 패션 감각은 이미지를 업그레이드 시키는 역할을 할 것이다. 물론 지적인 내면과 교양, 에티켓은 기본 전제다.

복장은 타인의 평가뿐만 아니라 자기 관리에도 영향을 준다. 세련된 패션 이미지의 구축은 자신감을 불어넣어 내적 이미지까지 강화시킨다.

내가 아는 어떤 사람은 술 마시는 것을 즐겨 월급을 펑펑 쓰면서 패션에는 전혀 투자하지 않아 허름하게 보이기까지 한다. 그가 어떤 날 하루에 쓰는 술값이면 웬만한 명품 정장 한 벌을 살 수 있는데도 말이다. 정말 잘못된 소비 패턴이다. 쓸데없는데 돈을 낭비하지 말고 세련된 패션 구축에 과감한 소비를 할 필요가 있다.

어떻게 패션 이미지를 구축할 것인지 알아보자.

- **이미지에 어울리게 하라**

얼굴과 몸에 맞는 스타일을 파악한 후에 피부색에 어울리는 패션 스타일과 컬러를 선택해 입어야 한다. 어울리지 않는 옷은 아무리 명품이라도 입지 않아야 한다.

- **직장 분위기에 걸맞은 옷을 입어라**

현대는 격식이 필요 없는 시대라며 입고 싶은 대로 편하게 옷을 입어도 된다는 말에 귀 기울이지 말아야 한다. 직장 분위기, 직종에 맞는 옷을 입어야 한다.

- **상황에 맞춰 입어라**

격식을 차려야 하는 만남에서는 정장으로 입어야 하듯이 그때그때 상황에 맞춰 입어야 이미지 파워가 최상으로 발휘된다.

- **튀지는 않되 멋을 부려라**

너무 화려하거나 튀는 옷차림으로 거부감을 주지 않으면서 이미지에 맞는 멋은 부려야 한다. 개성과 접목시켜 최신 유행을 받아들이는 것이 좋다. 패션에 맞는 헤어스타일, 신발, 화장, 표정, 말씨 제스처도 중요하다.

- **양보다 질을 추구하라**

패션 감각은 경쟁력을 갖추는 투자라고 생각하고 옷가지 수를 줄이고 질이 좋은 옷을 구입하는 것이 효율적이다. 질이 좋은 옷은 이미지를 높이면서 더 오래 입을 수 있다.

인간은 쉽게
설득 당하지 않는 존재

세상에서 가장 어려운 일은 사람의 마음을 얻는 일이다. 각각의 얼굴만큼 다양한 각양각색의 마음에서 순간에도 수만 가지의 생각이 떠오르는데, 그 바람 같은 마음이 머물게 한다는 건 정말 어려운 일이다. (註 : 생텍쥐페리, 《어린 왕자》에서 인용)

인간은 쉽게 설득 당하지 않는 존재다. 설득된 듯이 보이는 경우는, 정말로 마음에서 우러나와서 설득된 것이 아니라 설득하는 쪽이 우월적 지위에 있는 경우가 대부분이다. 상대를 설득한다는 것은 상대를 이해한다는 것이다. 누군가를 설득하려 한다면 상대의 입장이 되어보아야 한다.

커뮤니케이션의 본질은 설득이 아니라 공감에 있으므로 상대를 설득하려고 지나치게 애쓰지 마라. 공감은 마음과 마음이 서로 통한 상태이다. 공감이 있어야 마음에서 동조가 우러나는 것이다. 공감대를 높이려면 상대방의 심정과 감정을 진심으로 이해하고, 필요를 파악하는 능력, 즉 '마음의 시력'을 가지고 진실한 마음으로 대해야 한다. 그래야 거기에서 친근감을 느끼면서 동조가 일어나는 것이다.

세상에서 가장 어렵고 중요한 일은 사람의 마음을 얻는 것이다. 사람의 마음을 움직이기란 결코 쉬운 일이 아니다. 자신의 논리를 전달하기 위해 고민하는 시간보다는 상대방의 입장을 들어주고 이해하고 존중해주라.

설득력을 갖추는 것은 '잘나가는 청춘'의 알파요 오메가다. 직장 생활은 자신이 어떤 일을 추진하려고 하는 경우 상사나 동료를 설득시켜 관철시켜야 하고, 고객에 대해서도 설득시켜야 하는 업무의 연속이다. 각종 보고와 발표, 회의, 영업 등 온통 설득해야 하는 일이다.

설득의 기술은 정말로 필요하다. 상대방의 마음을 사로잡는 이야기를 들려주는 스토리텔링 능력을 갖춘 사람이야말로 공감을 끌어내고 신뢰를 구축하여 직장 생활을 성공의 지름길로 이끌 수 있다.

설득 방법을 알아보자.

- **상대방 마음을 헤아려라**

상대방이 자신과는 상황을 다른 관점에서 보고 있어서 의견이 일치하지 않을 수도 있음을 전제해야 한다.

- **시간을 배분하라**

'내가 말하고자 하는 것이 무엇인가?' 생각하는데 1/3을 보내고, '상대가 말하려는 것이 무엇일까?' 생각하는데 2/3을 보내라.

- **입장을 들어줘라**

상대방의 입장을 들어주고 이해하고 존중해줘라. 상대방의 관심사를 이해하는 태도는 공감을 불러일으킬 것이다.

- **질문하라**

질문을 하고 열심히 귀를 기울여라. 그에게 질문을 해서 그가 답변하는 동안에 좋은 인상을 얻도록 하라.

- **일단 존중하라**

상대방이 직장상사나 고객인 경우에 "말씀은 맞습니다. 이에 덧붙여 약간 다른 말씀을 드려도 괜찮겠습니까?" 하고 일단 존중해 주면서 자신의 의견을 피력하라.

- **인정하라**

칭찬을 통한 인정은 강력한 효과를 발휘한다. 인정받고 싶은 곳을 칭찬하는 것이 상대방이 호의를 갖게 하는 최고의 약이다. 특히 상대방이 성취한 일이나 업적을 인정하라.

말은
힘이 세다

그대는 말을 잘못하여 낭패를 본 적은 없는가?

말이란 혀를 어떻게 사용하느냐에 따라 달라진다. 혀를 잘 쓸 때는 미덕이 되지만, 잘못 쓸 때는 그 무엇보다 악한 무기가 되는 것이다. 말 한 마디는 그대를 행복하게 하고 불행하게도 한다.

그대는 사회생활의 첫 걸음을 떼면서 '말이 말을 낳고, 말 한마디로 복도 부르고 화도 불러온다'는 것을 명심해야 한다. 특히 한 순간의 욱하는 감정으로 불쑥 내뱉은 말은 평생 주워 담을 수도 없다. 섣불리 입을 열기보다는 말하기 전에 한 번 더 신중하게 생각하라. 말하기 전에 잠시 뜸을 들이는 것만으로도 해결의 실마리를 찾고 당혹스러운 상황에서 벗어날 수 있다.

그대의 말이 그대의 인격이다. 입 '구(口)' 3개가 모이면 '품(品)'자가 된다. 사람의 품격은 입에서 나온다는 뜻이다. 적절한 단어와 내용, 화술로 말을 해야 품격 있는 사람이 된다.

아름다운 말이 아름다운 삶을 이끈다. 말을 어떤 내용으로 어떤 방식으로 하는가는 중요하다. 그러므로 인간관계에서 말을 다스리는 능력을 가져야 한다. 언어를 다스려야 사람을 움직일 수 있다. 그대가 '잘나가는 청춘'이 되려면 말을 다스리는 방법을 마스터하라.

'남의 입에서 나오는 말보다도 자기의 입에서 나오는 말을 잘 들어라' (註 : 《탈무드》중에서) 말은 살아서 움직인다. 그대가 무심코 내뱉은 말은 발이 달린 것도 아닌데 언젠가는 영향력이 발휘된다. 말을 내뱉고 난 후에는 그 말을 자신이 통제할 수 없다.

요즈음은 글을 잘못 써서 생기는 필화(筆禍)가 아니라 입을 함부로 놀려서 말을 잘못하여 낭패를 당하는 설화(舌禍)가 비일비재하지 않는가?

그대는 유명 인사들이 순간적인 말실수로 낭패 정도가 아니라 삶에서 추락하는 경우를 보았을 것이며 앞으로도 보게 될 것이다. 말할 때는 신중에 신중을 기해야 한다. 일단 내뱉은 말은 지우개로 지울 수 없고, 공중으로 날려버려 없앨 수 없다.

말할 때는 신중에 신중을 기해야 한다. 일단 내뱉은 말은 지우개로 지울 수 없고, 공중으로 날려버려 없앨 수 없다.

'말하는 것'이 공짜라고 해서 함부로 해서는 안 된다. 얼굴 부위 중 코와 턱 사이에 있는 공간을 어떻게 잘 벌리느냐에 따라 호감을 얻어 '잘나가는 청춘'이 될 수도 있고, '흔들리는 청춘'으로 전락하여 일생 일대의 지울 수 없는 낭패를 당할 수도 있다.

그대, 말조심 하라.

말을 다스리는 기본 원칙을 살펴보자.

• 앞에서 할 수 없는 말은 뒤에서도 하지 마라

뒤에서 한 말은 돌고 돌면서 크게 부풀어 올라 말한 사람을 되레 공격하는 무기가 된다. 특히 직장동료들과 퇴근 후 직장상사를 안주 삼아 비판하는 것은 절대 금물이다. 직장동료는 경쟁자다. 언젠가 이 것이 빌미가 되어 화근이 될 수 있다.

• 말을 독점하지 마라

말을 독점하면 말을 잘 한다는 자부심을 가질지 모르지만 사람들에게는 타인을 배려할 줄 모르는 센스 없는 사람, 독선적인 사람으로 기억될 것이다.

• 귀를 훔치지 말고 가슴을 흔드는 말을 하라

합리적인 말만 할 것이 아니라 감성을 섞어서 말해야 한다. '잘나가는 청춘'이 되려면 가슴에 호소하는 말을 하기 위해 노력해야 한다. 말을 듣는 상대방은 가슴을 흔드는 말을 기억하고 감동하면서 마음이 움직인다.

• '뻔'한 이야기보다 '편'한 이야기를 하라

유머감각을 가지고 재미있게 하라. 그래야 상대방도 편하고 즐거운 마음으로 들을 것이다. 요즈음은 스토리텔링의 능력이 강조되고 있다. 재미있게 말할 수 있는 능력을 키워라.

• 입술의 '30초'가 가슴의 '30년'이 됨을 명심하라

말 한마디가 누군가의 인생을 바꿀 수 있다. 누군가의 가슴에 박혀서 영향력을 행사하는 것이다. 그것이 보검일 수도, 비수일 수도 있지만 말이다.

그대는 대화를 할 때 말을 하는 것과 듣는 것의 비율은 어느 정도인가? 상대방이 말을 독점할 때 어떤 기분을 느끼는가?

'상대방에게 많이 말하게 할수록, 상대방의 말을 들어주는 시간이 길면 길수록 상대방은 당신을 좋아하게 된다.' (註 : 미국 웨슬리대학 실험 결과)
상대방에게 다가서는 지름길은 혀를 내미는 것이 아니라 귀를 내미는 것이다.

그대가 상대방에게 어떤 달콤한 말을 한다고 해도, 상대방 입장에서는 자기가 말하고 싶어 하는 얘기의 절반만큼도 흥미롭지가 않다는 사실을 명심하라.

신은 인간에게
두 개의 귀를 주었다

ㅤ·
ㅤ·

ㅤ그대는 대화를 할 때 상대방보다 말을 많이 하는 편인가, 적게 하는 편인가? 말을 하는 것과 듣는 것의 비율은 어느 정도인가? 만약 상대방이 말을 독점한다면 어떤 기분이 드는가?

ㅤ신이 인간에게 한 개의 혀와 두 개의 귀를 준 것은 말하는 것보다 말을 두 배 더 많이 들으라는 뜻이다.
ㅤ경청이란 단순히 말을 하지 않고 듣는 것이 아니라 상대방의 진심을 믿고 받아들인다는 의미를 가지며 그대 마음의 중심이 상대방에게 향하는 것이다. 경청의 원칙은 상대방을 소중한 인격으로 받아들이는 것으로 상대방에 대한 존중과 격려이다.

개인적으로 가치를 인정해 주는 것으로 상대방에게 다가가 "당신을 지지합니다"라고 의사 표현하는 것과 같다. 경청은 상대방에게 할 수 있는 최고의 찬사 중 하나이다.

경청은 말하는 것보다 3배 이상의 에너지가 필요하다고 한다. 그러니 경청은 결코 쉽지 않으며 '상대방보다 적게 말하겠다'는 인내심이 발휘되어야 하는 것이다.

"크게 생각하는 사람은 듣기를 독점하고 작게 생각하는 사람은 말하기를 독점한다."(註 : 데이비드 슈워츠 어록 중에서)

잘 들어주기만 하면 상대방은 그대에게 마음을 터놓고 더 많은 말을 할 것이다. 그래야 상대가 어떤 사람인지, 어떤 생각을 하고 있는지 오해하지 않고 받아들일 수 있으며 자신이 모르는 것을 배울 수도 있다.

남의 말을 가로막지 말고 다 듣지도 않고 대답하지 마라. 자신의 생각을 잠시 접고 경청하라.

상대방의 말속에는 원인과 결과, 문제와 해답이 있다. 말의 내용보다 시선, 제스처, 억양, 표정에 내면적 정보가 있다. 말하는 바를 귀담아 듣고, 무슨 말을 하지 않는지를 신중히 가려내며, 말하고자 하나 차마 옮기지 않는 바를 구분하라.

상대방이 말하는 것에 대해 세심한 주의를 기울이면서 듣고, 말하는 상대방의 마음속으로 파고들도록 자신을 길들여라.

현대사회에서 말을 잘하는 것이 경쟁력이라고 여기고 너도나도 자신의 의견을 말하기에 급급할 뿐, 남의 이야기를 들어주려는 사람은 많지 않다. 그러다 보니 오히려 적게 말하고 많이 듣는 사람이 주변 사람들로부터 호감을 얻기가 쉽다.

"2주 동안 남의 말에 귀를 기울이기만 하면 남의 관심을 끌기 위해 2년 동안 노력한 것보다 더 많은 친구를 얻을 수 있다."(註 : 데일 카네기 어록에서 인용) '이청득심(以聽得心)'이란 말도 있다. '귀 기울여 듣는 것이 마음을 얻는 지혜'라는 뜻이다.

성공적인 대화의 첫걸음이며 지름길인 경청을 잘 하는 것이 처세의 비결이다. 경청은 상대방의 호감을 얻는데 웅변보다 효과가 있다. 어떤 아첨도 이보다 큰 효과를 발휘할 수 없다. 상대방에게 많이 말하게 할수록, 상대방의 말을 들어주는 시간이 길수록 상대방은 그대를 좋아하게 된다.

말하는 데에도 기술이 필요한 것처럼 듣기도 자세이며 기술이다. 북적대는 방에서 누군가와 이야기를 할 경우라도, 그 방에 둘만 있는 것처럼 상대방을 대해야 한다. 다른 것은 모두 무시하고 상대방만 쳐다봐야 한다.

잘 듣는 원칙을 알아보자.

• **눈으로 들어라**

말을 들을 때는 언제나 상대방의 눈을 보아야 한다. 상대방의 눈을 보지 않는다는 것은 커다란 결례다. 마음으로부터 나오는 말이 있고, 혀끝으로 나오는 말도 있다. 마음으로부터 짓는 표정이 있고 겉으로 보여주는 표정도 있다. 상대방의 마음속을 읽으려면 귀보다도 눈에 의지하라. 상대방의 말은 귀가 아니라 눈으로 들어라.

• **맞장구쳐라**

맞장구는 상대방의 말에 귀를 기울이고 있음을 드러내고, 대화에 깊은 유대와 공감의 분위기를 형성한다. 맞장구는 '대화의 하이파이브'이다. 맞장구는 서로의 손바닥이 경쾌하게 맞부딪히는 것이다. 맞장구를 할 때에는 진심을 담아서 해야 한다. 과장하거나 건성으로 마지못해 하지 말고 듣는 사람이 기쁘게 행복하게 해 주어라.

꽃은 햇살이
비치는 쪽을 향해 핀다

들에 피는 꽃을 관찰해 보면 햇살이 비치는 쪽을 향해 피는 것을 볼 수 있다. 또한 꽃을 실내에 꽂아도 빛이 들어오는 쪽으로 방향을 바꾸어 피는 것을 보게 된다. 감정이 없는 식물도 밝은 쪽을 좋아한다. 하물며 인간이라면 어둡고 부정적인 사람보다는 밝고 쾌활한 긍정적인 사람을 좋아하는 것은 당연한 일이다.

햇살이 꽃을 피어나게 하고 열매를 익게 하듯이 긍정적인 생각은 그대 안에 밝고 쾌활함을 심는다. '잘나가는 청춘'은 대부분 쾌활한 성격을 지니고 있다. 긍정적으로 생각하고 행동하며 활기와 열정을 자신과 더불어 주위에 퍼뜨린다.

그대는 사회생활의 마음가짐으로 무조건적인 긍정은 안 되겠지만, 기본적인 마음자세는 '잘 될 거야', '그건 어려운 계획이긴 하지만 할 수 있어', '그 일은 분명히 효과가 있을 걸' 하면서 믿음을 갖고 목표를 향해 한 걸음 한 걸음 꾸준히 나아가야 한다.

어떤 일을 대할 때 이건 안 된다고 생각하는 것과 된다고 생각하는 것 사이에는 엄청난 차이가 있다. 안 된다고 생각하면 머릿속에는 안 될 가능성, 그럴 수밖에 없는 이유만 들어찬다.

사람은 자신의 행동이 긍정적 결과를 낳아 성공할 것이라는 확신이 들어야 강한 동기부여가 되어 서슴없이 그 일을 하게 된다. '잘나가는 청춘'은 늘 긍정적 사고로 열정을 불사른다. 얼마나 긍정적인 사고를 가지고 있는가 하는 것이 성공을 가깝게 하는 주요 요소이다.

하지만 막연한 낙관을 해서는 안 된다. 냉철한 현실 인식과 현실에 근거한 치밀한 계획과 구체적인 결과를 이끌어낼 수 있는 실행 능력을 가지고 있어야 한다. 그대는 항상 머릿속을 긍정적인 생각이 지배하게 하되 막연한 낙관주의가 되지는 마라.

그대가 어울리는 사람들의 태도와 행동, 습관이 그대에게 큰 영향을 끼친다는 사실을 알아야 한다. 교류하는 사람들이 그대에게 큰 영향력을 미친다.

그대는 부정적인 사람들과 교류하지 말고, 긍정적인 생각을 가지고 목표를 향해 진취적으로 노력하는 사람들과 어울려야 한다. 긍정적인 사고방식을 가지고 활기차게 살아가는 사람은 그대에게 삶의 활기와 열정을 나누어주면서 기분을 밝게 만들어준다.

인생은 한 번 맞붙어 싸워볼 만한 흥미진진하고 가치 있는 것이라고 생각하는 사람, 자신만의 확고한 인생관을 가지고 즐겁게 살아가는 사람, 대화를 나누면 즐겁고 그대를 행복하게 만드는 사람, 불평하는 대신 긍정적인 측면을 찾아내고 부각시키는 사람, 남을 헐뜯기보다는 칭찬하는 사람과 어울려야 한다.

열정을 되살려주고 긍정적인 사람. 매사에 도전하고 싶다는 생각을 불러일으키는 사람. 만나기 전부터도 만남을 기대하게 되는 사람. 그대를 끝없이 격려해주고 뭔가 유익한 것을 깨닫게 해주는 사람과 교제하라.

그대 주변을 긍정적인 생각과 힘을 불어넣는 사람들로 포진시키고 그들과 시간을 보내라.

쾌활함은 직장생활뿐만 아니라 친구 간에 이성 간에도 발휘해야 할 덕목이다. 쾌활함은 자기 자신뿐만 아니라 상대방을 유쾌하게 한다. 쾌활함은 자신의 내면에서 우러나는 긍정적인 생각, 기쁨과 감사에서 비롯된다.

햇살이 꽃을 피어나게 하고 열매를 익게 하듯이 긍정적인 생

각은 그대 안에 밝고 쾌활함을 심는다.

그대가 긍정적이고 쾌활한 사람이 되기 위한 첫걸음은 평소에 긍정적인 말을 쓰는 것이다.

평소에 자주 쓰는 말을 어떻게 긍정적인 표현으로 바꿀 수 있는지 예를 들어보자.

- "지각하고 싶지 않아." → "시간을 잘 지키고 싶어."
- "잊어버리고 싶지 않아." → "잘 기억하고 싶어."
- "나는 할 수 없어." → "나는 할 수 있어."
- "문을 꽝하고 닫지 마!" → "문을 조용히 닫아."
- "네 방은 왜 그렇게 지저분해?" → "방을 깨끗하게 하면 좋겠어."
- "시끄럽게 떠들지 마." → "조금만 조용히 해주겠니?"

그대가 말을 하는데 있어서 긍정적인 표현을 하면 주변을 밝게 하고 그대를 재치 있고 매력적인 인물로 만들어 줄 것이다. 생각하고 말하는 방식을 긍정적으로 하도록 노력하라.

영혼의 음악 없이
성공할 생각마라

신입사원이 회식자리에서 일어나 자신의 대학생활을 회상하듯 진지한 목소리로 말한다.

제가 대학 다닐 때 학교 앞에 있는 새로 개업한 '할매식당'에 갔습니다. 그런데 메뉴판에 '남탕'과 '여탕' 두 가지밖에 없는 것을 보고 "할머니, 남탕은 뭐고 여탕은 뭐예요?" 하고 물었습니다. 그러자 할머니가 능청스럽게 "남탕은 알탕이고 여탕은 조개탕이지 뭐야?" 하고 대답했습니다. 그래서 저는 그 뒤부터 알탕을 즐겨먹게 되었습니다.

좌중은 폭소가 터졌다. 그 신입사원은 금세 회사에서 유머감각이 있는 사람으로 주목을 받게 되고 이것이 동기부여가 되어 더욱 열심히 근무하면서 '잘나가는 청춘'이 되었다.

그대는 남을 웃길 수 있는가? 직장에서 유머감각이 있는 사람이라는 평판을 듣고 있는가?

나는 TV에서 코미디 프로그램을 즐겨보지만 남을 웃기는 데는 서툰 정도가 아니라 빵점 수준이다. 우스운 이야기도 내가 전하면 썰렁해진다. '남을 웃게 한다는 것'이 보통 능력이 아님을 실감하고 있다.

때로는 유머를 적어 다니기도 하고 열심히 익히기도 하지만 유머감각이 늘지 않는다. 남을 박장대소하게 하는 개그맨들의 능력은 정말 대단하다는 생각이 든다.

유머는 웃음을 불러내는 좋은 도구다. 웃음을 불러일으키는 유머감각은 소중하며 멋이다. 유머감각이 있는 사람은 자신을 주목하게 만들며 대화를 원활하게 하고 좋은 인상을 남겨 '잘나가는 청춘'의 단초가 될 수 있다.

어려운 일을 당할 때, 보기 역겨운 것을 보았을 때, 딱한 얘기를 듣거나 해야 할 때, 유머감각을 가진 사람의 한마디는 소중하다. 유머와 낙관주의로 어려운 처지를 이겨내는 능력은 인격의 성숙이다.

유머감각은 재능이다. 유머를 구사하는 사람은 관대함과 여유를 느끼게 하여 자신을 주목하게 만든다. 유머감각이 있는 사람은 원활한 대화와 좋은 인상을 주면서 인간관계를 넓히고 직장에서 연대의식을 높여 자신을 주목하게 만든다.

유머는 개방적이고 유연한 내면에서 배어나와 사고의 창의성과 유연성을 보여 주어야 한다. 하지만 유머는 어디까지나 양념이 되어야 한다. 음담패설을 유머로 착각해서는 안 된다. 재치 있는 유머도 얼마든지 있다.

분별없는 유머를 많이 하면 익살꾼으로 인식되어 진지하게 말할 때도 믿지 않는다. 평소 유머의 소재를 익혀서 대화를 할 때에 적절히 활용하되 남발하지는 마라.

그대는 하루에 얼마나 웃는가? 그대는 일상에서 웃을 일이 많이 있는데도 불구하고 무시하면서 살아가고 있지는 않는가? 사소한 일은 지나치게 심각하게 받아들이면서 정작 즐거워해야 할 일, 웃어야 할 일은 놓치면서 살아가고 있지는 않는가?

동물들이 아무리 기뻐도 웃는 것을 본 적이 있는가? 웃음은 인간에게만 주어진 선물이며 만국공통어다. 웃음은 인간관계를 돈독하게 해주는 사회적 신호다.

웃음 한 번으로 상대방에게 내 마음을 전달할 수 있고, 친구로 만들 수도 있다. 웃는 얼굴을 하면 남도 즐거워하고 그 기쁨도 또한 옮아간다. 물질은 나눌수록 작아지지만 마음은 나눌수록 커지는 이치와 같다.

삶의 여정에 산재해 숨어있는 웃어야 할 거리를 찾아내려고 노력해야 한다. 웃는 얼굴은 상대방에게 호감을 주고 행복함을 느끼게 한다. 행복을 전하는 미소를 아끼지 말고 자주 웃어라.

힘들고 어려운 일이 있기 마련인 사회생활에서 웃음이 청량제 역할을 한다. 마음이 메마르면 웃음을 잃기 쉽고, 웃음을 잃으면 삶까지 함께 메마르고 만다. 웃음은 일종의 긍정 에너지를 발산하는 행위다. 웃는 순간, 긍정적 에너지가 그대를 향해 모여든다.

웃음이라는 영혼의 음악을 발휘함이 없이 '잘나가는 청춘'이 될 생각을 하지 마라.

웃음이 무조건 밝고 좋은 것이란 고정관념을 갖지 마라. 볼품없이 지나치게 큰 소리로 웃는 것은 하찮은 일에서밖에 기쁨을 찾지 못하는 사람이라는 것을 증명하는 꼴이다. 툭하면 껄껄대고 웃는 것은 천박하다는 것을 내보이는 짓이다. 분별 있는 사람은 천박하게 웃지 않는다. 웃더라도 될 수 있는 한 소리를 줄이고 미소 짓는다.

유머감각은 재능이다. 유머를 구사하는 사람은 관대함과 여유
를 느끼게 하여 자신을 주목하게 만든다.

천한 장난이나 시시한 일을 보고 깔깔거리고 웃지 말아야 한다. 쓸데없이 얘기를 하면서 웃지도 말아야 한다. 실실 웃으면서 얘기하면 상대방에 대한 비웃음으로 오인된다.

웃을만한 가치가 있을 때, 마음이 풍요로워지고 표정이 밝은 자연스런 웃음을 지으라.

결혼은
인생의 대전환점이다

'사랑하는 이여 우리 둘 사이에는 이름 모를 신이 존재합니다.'

레바논 출신의 신비주의 시인이자 화가, 예언자인 칼릴 지브란이 연인 메리 헤스켈에게 쓴 〈사랑은 자유하는 삶입니다〉 편지에 나오는 글이다.

어떤 사람과 인연이 된다는 것, 그것도 사랑하는 사람을 만난다는 것은 신이 맺어준 인연이다.

젊은 그대여, 누구를 사랑하고 있는가?

그렇지 않다면 사랑을 찾아 나서라.

이제 학창 시절의 맹목적이고 충동적인 사랑을 떠나 결혼을 전제로 한 진정한 사랑 말이다. 사회생활에서의 이성과의 만남은 결혼을 의식하는 사귐이어야 한다.

인생에는 세 가지 중요한 삶의 전환점이 있다. 대학입학과 취직, 그리고 결혼이다. 이렇게 본다면 그대는 두 가지의 삶의 전환점을 통과했고 이제 결혼이라는 인생의 마지막 전환점을 남겨 두고 있다.

삶을 영위하면서 맺는 인간관계 중에서 제일 중요한 것이 배우자와의 만남이다. 이토록 넓은 세상의 수많은 사람들 중에서 사랑하는 사람과의 인연이란 하늘이 선물한 눈부시게 아름다운 기적이다.

결혼은 인생의 반려자를 만나는 것으로 어떤 일과도 견줄 수 없는 가장 중요한 일이다. 가정을 이루고 자식을 낳고 이것이 자자손손 이어지게 하는 것으로 자신의 삶을 결정하는 한판 승부이다.

청춘! 그대는 주저하거나 머뭇거리지 말고 사랑에 나서라.

사랑은 능력이다. 좋은 사람을 만나고 싶으면 그대 자신이 좋은 사람이 되어야 한다. 젊은 그대, 원하는 사람을 사랑하려면 사랑할 수 있는 능력을 키우라.

사랑은 능력이다. 좋은 사람을 만나고 싶으면 그대 자신이 좋은 사람이 되어야 한다.

젊은 그대여, 사랑이 무엇이며 어떻게 사랑해야 하는지에 대하여 알고 있는가?

사람은 누구나 사랑을 갈구하고 추구한다. 인생에 있어서 청춘의 시기가 가장 사랑에 목말라 할 때다. 무턱대고 감정에 치우쳐서 사랑에 나서서는 안 된다. 사랑의 본질과 실체에 대한 깨달음을 가지고 사랑하라.

연필로 쓰고 난 다음에 쉽게 지울 수 있는 것과 같은 사귐은 단순한 만남이지 사랑이 아니다. 사랑은 가슴에 새기는 것으로 친밀감, 열정, 책임감이라는 요소가 충만해야 한다.

친밀감은 서로 가깝게 맺어져 있다고 느끼는 것이며, 열정은 로맨스의 감정이나 신체적 매력과 성적 욕구를 느끼게 해 주는 것이며, 책임감은 사랑을 지키겠다는 것을 뜻한다. 만약, 이 세 가지 요소 중 열정이 빠진 관계는 우정인 것이다.

사랑은 감정에 충실한 것으로 마음이 요동치는 끌림이 있어야 한다. 하지만 사랑은 감정만이 전부가 아니며 사랑에 수반된 의무를 고려해야 한다. 상대방에 대한 적극적인 관심과 개성을 존중하는 태도, 사랑을 지키겠다는 책임감이 따라야 한다.

청춘은 감정이 우위를 차지하는 시기이다. 하지만 인격적 성숙을 통해 자신을 채찍질해서 감정의 동물로 전락하지 말아야 한다.

사랑은 단지 하나의 감정이 아니다. 서로에 관한 이해와 신뢰 속에서 차이를 극복해 나가는 것이 사랑이다. 사랑을 위해서는 건강하고 내면적으로 안정감이 있어야 한다.

사랑은 명사가 아닌 동사로서 행동하는 것이다. 사랑은 움직이는 것이며, 감동시키는 것이며, 감동되는 것이며, 변화시키는 것이며, 변화되는 것이다. 사랑한다고 말하면서 자기 자신을 완전히 열지 않는다면 그것은 사랑이 아니다. 사랑한다고 하면서 자신을 온전히 주지 않는다면 그것도 사랑이 아니다.

젊은 그대, 사랑한다는 말을 함부로 쉽게 하지 마라.

만나서 사귄다고 해서 사랑할 수 있는 것이 아니며 사랑한다고 결혼에 이르는 것도 아니다.

감정에 치우치거나 외양적인 것만을 보고 사귐에 나서서는 안 된다. 흔히 말해 심심풀이 땅콩식이 아닌 만남을 소중히 여기고 기다림을 아는 사람과 사귀어야 한다. 그래야 만남의 과정에서 일어나는 다툼과 갈등과 어려움을 극복하면서 사랑의 결실인 결혼에 이를 확률이 높아진다.

'사랑하는 것과 알게 되는 것은 거의 같은 것이다. 가장 사랑하는 사람을 가장 잘 안다는 건 분명한 사실이다.' (註 : 헤르만 헤세, 《헤세의 사랑》에서 인용)는 말이 있다.

하지만 가장 잘 알게 되면 더 나아가 가장 잘 이해해야 하는데 그렇지 않다. 오히려 너무 잘 알다보면 예의 없이 함부로 행동하여 상대방의 자존심을 건드려서 사랑이 깨지기도 한다.

가장 잘 안다고 느낄 때가 가장 조심해야할 때인지도 모른다. 아는 만큼 더 배려하고 챙겨주고, 덮어줄 줄 알아야 한다. 상대방을 위해 뭔가를 해주는 것도 중요하지만 하지 않아야 할 것을 하지 않고 참는 것이 더 중요하다.

서로 사랑하라
그러나 사랑으로 구속하지는 마라
그보다 너희 혼과 혼의 두 언덕 사이에
출렁이는 바다를 놓아두라

칼릴 지브란의 〈사랑과 결혼의 시〉에 나오는 구절이다.

그대가 이제 결혼했다고 하자. 결혼하기 전에 여러 가지 조건과 모든 상황을 따져보았을 것이다. 이제 그와 같은 것은 지나간 과거다.

결혼 후에는 서로를 편하게 해주는 것, 서로에게 기댈 수 있게 하는 것, 서로에게 자신의 길을 가도록 인정하고 격려하면서 발전할 수 있도록 도움을 주는 것이 진정한 사랑이다.

집착과 사랑을 혼동해서는 안 된다. 자신 옆에 붙잡아 두려는 것은 잘못된 집착이다. 사랑한다는 이유로 집착하고, 그래서 배우자가 가려는 길에 걸림돌이 되어서는 안 된다. 부부란 어느 한쪽의 희생을 요구하는 것이 아니라 서로의 길을 함께 가는 것이다. 서로의 꿈이 이루어지도록 응원하고 성장을 축복하고, 힘들 때 서로에게 의지하는 든든한 버팀목이 되어야 한다.

부부는 함께 가는 존재다. 두 사람 중 한 사람은 불행한데 한 사람은 행복할 수 없다. 둘 다 불행하거나 둘 다 행복한 상태에 놓이게 된다. 기뻐야 할 때는 서로가 기쁨을 나누고, 한 사람이라도 서러움, 번민, 고통의 상태에 있을 때에는 함께 나누며 이를 극복해 나가야 한다. 때로는 마음이 불편하고 흔들려도 한결같은 믿음과 사랑으로 잘 가꾸고 다듬어 나가야 한다.

결혼한 젊은 그대, 서로에게 충실해라.

채찍질하는 삶을
살지 마라

그대는 지금 취직의 기쁨에 들떠서 무턱대고 열심히 해야 한다고 생각하고 몸을 혹사하면서 무리하고 있지는 않는가?

건강을 돌보지 않을 정도로 일을 하다가 훗날 건강을 되찾기 위해 노력하지만 헛수고로 돌아가는 경우도 많다. 건강할 때 건강의 고마움을 깨닫지 못하는 것은 불행한 일이다. 건강을 과신하는 것은 오히려 생명을 갉아먹는 결과를 가져온다. 젊다고 건강을 과신하지 마라.

태어날 때는 순서가 있어도 세상을 떠날 때는 순서가 없다. 영원히 죽지 않을 듯이 일하다가 건강이 좋지 않아 제대로 살아보지도 못하고 죽어가는 삶을 살아서는 안 된다.

건강하지 않으면 어떤 성공도 의미 없는 일이기 때문이다. 건강은 '잘나가는 청춘'의 기초다. 건강의 기본 원칙은 잘 먹고, 잘 자고, 충분히 휴식을 취하고 적당히 운동을 하는 것이다. 평소에 건강한 몸과 마음을 유지하기 위해 노력하라.

분노와 근심걱정 등 감정의 혼란을 피하고 정신적인 긴장이 계속되지 않도록 평정을 유지해야 한다. 규칙적인 운동을 하고 섭취하는 음식물에 대한 조절이 필요하다. 건강 목표를 설정하라. 건강을 위한 식생활과 운동 계획을 수립하여 매일 실천하라.

음악이 없는 세상을 상상할 수 있는가? 음악이 없다면 얼마나 지겨울까? 무엇이 음계 하나하나를 조화롭게 결합시켜 음악으로 완성할까? 쉼표에 의한 리듬이다. 악보에는 쉼표가 있지만 인생의 악보에는 쉼표가 없어서 인생을 연주하는 그대가 직접 인생의 쉼표인 휴식을 취해야 한다. 쉼표 없는 악보는 음악이 될 수 없는 것처럼 휴식 없는 인생은 참다운 인생일 수 없다.

삶의 조각 하나하나를 조화롭게 결합시켜 완성하는 것은 쉼을 통한 리듬이다. 일만 열심히 하는 것은 삶을 리듬이 없는 지루한 것으로 만든다. 열심히 일하는 중에 갖는 적당한 쉼이야말로 축복이요 행복이다.

일을 하다보면 자신감을 잃고 목표를 상실하는 상태인 슬럼프라는 것이 올 수 있다. 슬럼프는 몸과 마음이 좀 쉬면서 천천히 가자는 신호를 보내는 것이다. 충분한 휴식과 그대가 좋아하는 즐거운 놀이를 하다보면 몸과 마음이 회복되면서 슬럼프를 극복할 수 있다.

휴식을 통해 일이라는 삶의 심각성으로부터 때때로 벗어나야 한다. 진정으로 높은 성과 창출을 원한다면 무조건적인 일 욕심을 자제하는 대신 일과 휴식의 적절한 균형을 찾는 노력이 필요하다.

휴식이 삶의 균형을 잡아주며 정신을 맑게 해주어 창조의 원천이 될 수 있다. 창의력이 경쟁력인 시대에는 무조건 오랫동안 일을 한다고 해서 좋은 성과가 나오는 것은 아니다. 과거 아날로그 시대에는 일하는 시간과 성과 간에 상관관계가 높았다. 그러나 지금의 디지털 시대에는 투입 시간의 절대량 보다는 창의성과 순간 집중 에너지에 의해 성과가 더 크게 좌우된다. 피로는 역발상과 창조성을 발휘하는데 있어서의 적이다. 휴식이 에너지를 재충전시켜 창의적인 아이디어를 나오게 한다.

그대가 가장 편안한 상태로 들어가 쉬어라.

그대 잘 놀 줄 아는가?
잘 노는 것도 기술이다.

창의력이 경쟁력인 시대에는 무조건 오랫동안 일을 한다고 해서 좋은 성과가 나오는 것은 아니다.

막상 시간이 주어져도 컴퓨터 게임이나 하고, TV나 보고, 친구들과 어울려 술을 마시거나, 낮잠만 자면서 빈둥빈둥 보내지는 않는가?

잘 놀면서 휴식을 제대로 취할 줄 알아야 한다.

휴식을 제대로 하는데 도움이 될 만한 몇 가지 방법을 살펴보자.

• 휴식에 대한 올바른 개념을 가지라

일을 하지 않으면 불안한 '일 중독증'에 걸린 사람이 많다. 휴식은 낭비나 소비가 아니라 생산성을 높이고 더 많은 아이디어를 창출하는 것이라고 생각하라.

• 매일 10분 정도 숨만 쉬면서 앉아 있어라

매일 10분 정도 숨만 쉬면서 아무 생각도 하지 않고, 아무 일도 하지 않고 그냥 가만히 앉아 있으면 머리가 개운해지고 활력을 얻을 수 있다.

• 매일 일곱 시간은 숙면을 취하라

일곱 시간을 숙면해야 한다. 밤 12시 전에 자야 숙면 호르몬인 멜라토닌 생성이 증가한다. 일찍 잠들지 못하는 경우라면 수면 안대의 도움을 받아라.

• 정기적으로 휴식을 취하라

일주일에 하루는 완전히 일을 잊고 휴식하라. 두 달마다 2~3일 정도 짧은 휴가를 가지라. 매년 일주일 정도 일에서 해방되어 몸과 마음을 완전히 쉬어라.

- **기분을 고양시켜주는 취미를 가지라**

운동, 사진 찍기, 악기 연주 배우기, 문화예술 공연 관람 등 평소 취미 생활과 봉사 활동으로 삶에 활기를 불어넣어라.

- **여행하라**

여행에서 다른 세상을 보는 건 삶을 풍요롭고 여유 있게 만든다. 낯선 곳에 가면 일상생활에서 닫히고 무뎌진 마음이 열리고 자유로움도 느끼게 된다.

- **게임에 중독되지 말고 도박은 아예 손대지 마라**

게임 중독이나 도박은 건전한 놀이가 아니다. 게임 중독은 아까운 청춘을 허비하는 것이며 도박은 청춘을 병들게 하는 것이니 절대 해서는 안 된다.

- **혼자서 잘 노는 법을 배워라**

때로는 혼자서 여행을 하거나, 스포츠·문화공연 관람을 하거나 목적 없이 거리를 걷다가 커피숍에 들러 커피 한 잔을 마시면 편안함과 자유스러움을 느낄 수 있다.

행복은
짓는 것이다

그대 지금 행복한가? 지금 주어진 현실에 감사하고 있는가?

그대의 삶이 궁극적으로 추구하는 것은 행복이다. 인간은 누구나 행복을 추구한다. 비록 추구하는 방법이나 개념은 다르지만, 모든 사람들이 행복을 목표로 삼는다.

어떤 사람이 일류대학에 입학하여, 열심히 공부해서, 좋은 학점을 받고, 졸업하여, 원하는 직장에 취직하여 열심히 근무했다. 그는 중요한 목표를 차 구입으로 정하고 근검절약으로 저축하면서 친구에게 말했다.

"차 살 만큼 충분한 돈을 모으게 되면, 그 때는 아주 행복하게 될 거야."

얼마 후 그의 말대로 돈을 모아 생애 처음으로 자신의 차를 갖게 되었다. 하지만 그는 차를 살 당시에 순간적인 뿌듯함은 느꼈지만 여전히 행복하지 않았다. 이제 그는 새로운 목표를 정하고 열심히 일했다. 그것만 이루면 행복해질 것 같았다. 그는 평생을 함께할 배우자를 찾고 있었다. 그는 친구에게 말했다.

"결혼해서 안정을 취하게 되면, 그때는 행복해질 거야."

결혼한 뒤에도 그는 여전히 행복하지 않았다. 아파트나 작은 주택이라도 구입할 자금을 모으기 위해 별도의 직업을 가지면서까지 훨씬 더 힘들게 일해야만 했다. 그는 말했다.

"내 소유의 집을 한 채 갖게 되면 그때는 정말 행복할 수 있을 거야."

막상 집을 구입했지만 집을 사느라 빌린 은행 대출금을 다달이 갚아나가면서 행복하지는 않았다. 그러다가 은행 대출금을 다 갚아나가자, 아이들의 교육 문제에 난리를 피웠다. 아이들 때문에 밤늦게까지 깨어있어야만 했으며, 그가 돈을 벌어오는 쪽쪽 교육비로 충당해야만 했다. 이제 그는 원하는 것을 얻을 수 있기까지는 20년이나 남아 있다고 생각했다. 그래서 그는 말했다.

"아이들이 다 자라 안정적인 직장을 갖고 독립해서 나가면 그때는 행복할 거야."

자녀들이 독립해서 집을 떠날 때쯤에 그는 정년퇴직을 눈앞에 두고 있었다. 그래서 그는 계속해서 행복을 뒤로 미루며 노후생활을 대비하기 위해 더 열심히 일했다. 그는 말했다.

"정년퇴직을 하고 나면, 그때는 행복할 거야."

정년퇴직을 하고나서 교회를 다니기 시작하면서 말한다.

"죽은 뒤에 행복한 내세가 기다리고 있을 지도 모르잖아!"

'이것을 성취하면 그때는 행복할 것이다'라고 믿는 사람에게 행복은 단지 이루어지지 않을 미래의 꿈에 지나지 않는다. 그것은 한두 걸음 앞에 있는 무지개와 같지만 결코 손에 잡을 수가 없다. 가난한 사람은 부자를 부러워한다. 하지만 부자들 중 많은 사람들은 가난한 사람들의 진실한 우정과 일상적인 자유를 부러워한다. 다른 무엇이 됨으로써 행복해질 수 있다고 생각하는 것은 상상에 불과할 뿐이다.

그대는 진정 행복한 삶을 살고 있는가? 그대가 지금까지 살아오면서 가장 행복한 순간은 언제였는가?

행복은 마음먹기에 달려있다. 그대가 추구하는 걸 이루는 것은 성공이지 행복이 아니다. 행복이란 안락함이나 성공 여부를 떠나 삶의 길목에 존재하고 있다.

‘무엇을 소유했기 때문에’ ‘무엇을 성취했기 때문에’가 아니라 ‘소유하지 못했음에도 불구하고’ ‘성취하지 못했음에도 불구하고’ 그대 자신에 대해 만족하면서 즐겁고 평안한 마음을 가질 수 있다면 그것이 신정한 행복이다.

행복은 먼 훗날의 목표가 아니라, 이 순간 존재하는 것이다. 지금 이 순간이 행복해야할 때이며 행복은 현재에 있다. 하지만 그대는 지금 이 순간이 행복하다는 사실을 잊고 있는지 모른다. 지금 이 순간 행복하다고 마음먹으면 행복할 수 있다.

지금 하고 있는 일에서 기쁨을 맛보고 그러한 기쁨과 조화를 이루는 능력, 삶에 도전할 줄 알고, 남에게 필요한 삶이 되는 자세, 깊이 느낄 줄 알고, 자유롭게 생각할 줄 아는 것, 뭔가를 추구하면서 좋아하는 것, 이런 사실에 스스로 만족하며 감사함이 진정한 행복이다.

그대가 지닌 많은 행복의 원천을 떠올리면서 지금 행복하다고 생각하라.

그대는 자신과 타인을 비교하고 있지는 않는가? 자신이 갖고 있는 것과 자신이 원하는 것을 비교하고, 현재의 자신을 과거와 미래와 비교하고 있지는 않는가?

비교는 불행으로 가는 지름길이다. 삶의 여행을 하는 과정에서 많은 사람들이 세속적인 것들을 얼마나 많이 가졌고, 또 가질 수 있는가를 놓고 자기 자신과 남들을 비교한다. 타인과 비교하면 대부분이 반감이나 좌절감을 느끼고 부작용만 낳는다. 행복의 기준을 남에게 두지 말고 자신의 삶을 살아야 한다. 이제 비교하는 심리를 벗어나서 더 이상 타인과는 절대 비교하지 마라.

타인과의 비교는 비생산적이지만 자기와의 비교는 생산적일 수 있다. 그것도 어제와 비교하여 오늘의 발전된 자기 모습으로 내일의 성장 동력으로 삼을 때에 한해서 그렇다. 만약 자신이 원하는 것과 자신이 가지고 있는 것을 비교하고, 현재의 자신을 과거에 잘 나갈 때를 비교하는 것은 불행의 씨앗이 될 수 있다. 그러니 자신과의 비교든, 타인과의 비교든 비교는 하지 마라.

그래도 비교하고 싶으면 위를 보지 말고 아래를 보고 살아라. 그러면 그대의 현재 살아가는 삶의 모습에 감사하게 될 것이다.

행복을 이루기까지에는 항상 어느 정도의 고통이 수반된다. 재미로 가득하고 고통이 없는 삶이 곧 행복이라고 굳게 믿는다면 진정한 행복을 얻을 가능성은 오히려 줄어든다. 재미와 즐거움이 행복과 동일하다면 고통은 불행과 동일해야 한다. 하지만 사실은 그렇지 않다.

대부분의 사람들은 항상 행복하게 살아가기를 원한다. 하지만 누구나 살아가다 보면 어렵고 힘든 일을 여러 번 만나기 마련이다. 그러나 어려운 일을 만나게 됐다고 해서 무조건 불행해질 필요는 없다.

행복은 승리이다. 승리는 거의 예외 없이 어떤 종류의 일시적인 고통을 수반한다. 어차피 그대 앞의 문제는 그대가 어떻게 마음을 먹든 상관없이 그렇게 놓여있다. 그대가 그 문제를 어떠한 감정 상태로 처리하느냐에 따라 어려움을 빨리 극복하고 행복한 상태를 회복할 수 있기도 하고, 그 문제에 발목이 잡혀 불행하게 허우적거릴 수도 있는 것이다.

행복은 행복하기 위해 노력하는 습관의 결과다. 어렵고 힘든 문제가 그대 앞에 놓여 있다고 하더라도 항상 긍정적인 생각을 가지고 자신은 행복하며 행복할 수 있다고 생각하라.

사랑에 빠진 너에게

얼마 전에 지인 아들의 결혼 주례 부탁을 받고 주례를 하게 되었어. 신랑 신부에 대해 여러 사항을 묻는 과정에서 "며느리 될 신부가 임신을 해서 아들도 별 내켜하지 않지만 서둘러 결혼을 시키는 것입니다"라는 말을 들었지. 그러면서 "요즘 젊은이들 사이에서 혼수품 1호가 임신이라고 합니다"라는 말도 덧붙이면서 쓸쓸한 웃음을 짓는 거야. 결혼식장에서 주례를 하면서 보니까 신부가 임신한 몸을 가리기 위해 드레스에 꽤 신경을 썼더군.

주례를 서고 나서 며칠 후에 후배가 교수로 있는 대학 졸업반 학생들과 1박 2일 동안 전방 견학을 가서 저녁에 학생들과 다양한 대화를 나누었어. 내가 주례를 한 신랑 신부의 예를 들면서 요즈음 젊은이들의 성 관념에 대한 질문을 던졌지. 그랬더니 이구동성으로 "만나서 서로 좋아하게 되면 스킨십을 하는 것은 아무렇지도 않으며 그러다가 싫어지면 쿨 하게 헤어집니다"라고 하는 거야.

너도 요즈음 사랑에 빠진 것 같아? 그래, 취직도 되었으니 사랑도 열심히 하고 결혼도 해야지. 나이든 내가 세상도 많이 변하고 결혼관도 변했는데 청춘인 너에게 사랑과 결혼에 관해 충고한다는 것이 조심스럽기도 해.

먼저 주례를 부탁한 지인의 아들처럼 마지못해 임신이라는 상황에 이끌려 결혼을 하게 되는 것은 바람직하지 않은 정도가 아니라 잘못된 거라고 생각해. 행위는 할 수 있지만 결혼을 확정짓기 전에는 흔적은 남기지 말아야 해. 그것이 현명한 청춘의 처신이 아닐까?

남녀 간의 사랑은 쇼펜하우어의 말처럼 성욕이라는 본능이 자리잡고 있어. 하지만 육체적인 정만이 사랑이 아니야. 감각적인 스킨십에서 오는 만족을 사랑이라고 오해하지 마. 육체적인 정에 이끌려 결혼을 하고 얼마 안가서 이혼하는 경우가 많아. 사랑의 행위란 냉정한 판단에 따른 책임을 수반하며 사랑을 이어갈 수 있는 능력을 갖추고 있어야 해.

세상살이의 많은 인연 중에서 제일 중요한 것이 배우자와의 만남이야. 왜냐하면 결혼은 삶을 변화시키고 결정짓는 것이며 어쩌면 인생살이의 모든 거야. 결혼을 통해 가정을 이루고 자식을 낳고 그 자식이 성장하여 또 다시 가정을 이뤄나가는 것처럼 영원히 순환하는 것이니까 말이야. 그래서 결혼을 인륜지대사(人倫之大事)라고 하는 것 아니겠어?

　결혼은 감정이 아니고 의지라고 하듯이 감성적이거나 충동적인 행동이나 판단으로 해서는 안 되는 거야. 결혼을 결정할 때만큼은 냉정한 자세로 철저히 이기적이 되어야 한다고 생각해. 그 이기적인 것이 물론 재산이나 학력, 직업을 따져야겠지만 자신의 부족한 것을 채워주고, 자신과 조화를 이룰 수 있는지를 먼저 따져보아야 해. '저 사람과 결혼하면 어떤 아이를 낳을 것인가'까지 상상하고 고려하면서 판단해야 해.

　너는 배우자 외모를 중시한다고 말했지? 그래, 자신이 원하는 조건을 갖춘 상태에서 외모도 아름다운 게 훨씬 낫겠지. 하지만 외모보다는 내면의 아름다움을 보고 해야 하는 것 아닐까?

　잘 생긴 여자 탤런트와 결혼한 후배가 아이까지 낳은 상태에서 이혼을 했어. 그 후 만나서 "왜 그렇게 잘 생긴 아내와 이혼을 했느냐"고 묻자 "잘 생긴 얼굴을 쳐다보는 것도 6개월이 지나니 식상해졌어요. 서로가 대화가 되어야 되는데 그렇게 되지 않으니 살 수가 있어야죠"라고 대답하더라.

　많은 사람들이 겉모습만 보고 결혼하여 파탄이 나는 경우가 얼마나 많은지 연예계의 현실에서 보고 있지 않니? 유명 연예인이 온통 난리를 피우면서 결혼한 다음에 얼마 안 가서 이혼하는 경우가 얼마나 많아. 이렇게 이혼하는 것은 서로간의 차이를 극복하지 못했기 때문이야.

잘나가는 청춘
흔들리는 청춘

사랑과 결혼에 관한 충고를 하면서 고상한 말을 인용해 보기로 보지. 니체가 이런 말을 했더군. "차이를 사랑하는 것이 진정한 사랑이다"라고 말이야.

자신과 닮은 사람을 사랑하는 것이 아니라 자신과 다른 사람에게 기쁨을 건네는 것이 사랑이라고. 차이를 부정하는 것이 아니라 차이를 사랑하는 것이라고.

이처럼 배우자 사이에 차이가 있다는 사실을 깨닫고 결혼 생활을 한다면 행복한 삶이 전개될 거야.

지금 연애를 하고 있는 너는 결혼에 대해 지나친 환상을 가지지 마. 연애는 낭만적일 수 있지만 결혼은 둘이서 함께 삶의 냉혹한 현실에 맞부딪히는 시작이야.

"조건 없이 당신을 사랑합니다."
"변함없이 당신을 사랑할겁니다."
이렇게 말하는 건 어쩌면 치기어린 생각일 수 있어. 세월 따라 세상은 변하고 사람도 사랑도 변하는 거야. 사랑은 능력이야. 사랑하려면 사랑을 받을 수 있는 조건을 갖추어야 하며 사랑할 수 있는 능력을 키워야 해. 변함없이 사랑을 받으려면 그렇게 될 수 있도록 계속 자신을 채워야 해.

내가 주변에서 보아온 사람들 중에서 다른 조건은 차치하고 사랑한다는 말만을 내세워 결혼해 놓고 제대로 결혼 생활을 영위한 경우가 적었어. 그렇다고 사랑을 빼고 조건만을 따져 보고 결혼하라는 말은 아니야.

결혼은 사랑을 하거나, 사랑할만한 것이 전제가 되고 기본조건이 되어야 함은 물론이지. 사랑이 전제되지 않고 조건만 따져서 결혼한 재벌가와 권력자 집안의 결혼이 파경에 이른 경우가 얼마나 많아.

내가 결혼할 당시에는 순애보적인 결혼이 있었으나 요즈음 청춘들처럼 너는 현명하고 현실적이야. 지금 연인과 정말 열심히 사랑하고 냉정한 눈과 가슴으로 결혼을 판단할 것을 믿어.

결혼은 '뜨거운 가슴과 차가운 머리'로 해야 해. '뜨거운 가슴'이라는 열정과 '차가운 머리'라는 냉철한 현실인식 말이야. 배우자를 선택해야 하는 상황이 오면 '뜨거운 가슴과 차가운 머리'라는 단어를 떠올리기 바라.

잘나가는 청춘
흔들리는 청춘

4

세상은
넓고 멀고 험난한
전쟁터이다

첫 단추를 잘못 끼면
마지막 단추는 낄 구멍이 없어진다

그대는 학창 시절에 로버트 프루스트의 〈가지 않은 길〉이라는 시를 배웠을 것이다. 이제 직장을 선택한 시점에서 음미하면서 읽어보자.

노란 숲 속에 길이 두 갈래로 났습니다.
나는 두 길을 다 가지 못하는 것을 안타깝게 생각하면서,
오랫동안 서서 한 길이 굽어 꺾여 내려간 데까지,
바라다볼 수 있는 데까지 멀리 바라다보았습니다.

그리고 똑같이 아름다운 다른 길을 택했습니다.
그 길에는 풀이 더 많고 사람이 걸은 자취가 적어

아마 더 걸어야 될 길이라고 나는 생각했었던 게지요.
그 길을 걸음으로 그 길도 거의 같아질 것이지만.

그 날 아침 두 길에는 낙엽을 밟은 자취는 없었습니다.
아! 나는 다음 날을 위하여 한 길은 남겨 두었습니다.
길은 길에 연하여 끝없으므로
내가 다시 돌아올 것을 의심하면서….

먼 훗날 나는 어디선가 한숨을 쉬며 이야기할 것입니다.
숲 속에 두 갈래 길이 있었다고,
나는 사람이 적게 간 길을 택하였다고,
그리고 그것 때문에 모든 것이 달라졌다고.

이 시에 대해 학창 시절에는 심오한 의미를 캐는 낭만적인 감상보다는 행여나 시험에 나올까봐 시를 분석하는데 급급했을 것이다. 하지만 첫 직장을 선택한 지금의 상황에서 새로운 의미로 다가오지 않는가?

숲을 걷다보면 두 갈래 길과 마주칠 수 있다. 그 중 한 길을 택하면 나머지는 '가지 않은 길'이 된다. 인생에서도 그와 같은 선택의 기로가 있게 마련이고 우리는 한 길을 택함으로써 '가지 않은 길'들을 지나친다.

인생이란 끝없이 갈라지는 두 갈래 길의 숲이다. 인생이란 의도한 대로 이루어지기보다는 주어진 상황에 따른 선택을 강요당하면서 결정되는 경우가 대부분이다.

인생은 결국 어떤 선택을 하고 어떻게 행동했는가에 달려 있다. 인생의 여러 길 중에서 하나를 택했을 때, 각각의 선택이 만들어 줄 결과에 대해 알 수 없기 때문에 '택하지 않은 다른 길을 선택했을 때 어떤 인생이 되었을까?' 하는 아쉬움과 궁금증을 항상 지니고 다닐 수밖에 없다.

그대는 첫 직장을 선택했다. 흔히들 첫 직장을 첫 단추를 끼우는 것에 비유하면서 그 중요성을 설파한다. 사실 그렇다. 정말 중요하다. 첫 직장이 자신의 인생과 삶을 규정짓는다고 해도 과언이 아니다.

물론 여러 직종과 직장을 전전하는 삶을 사는 사람도 있지만 지금까지 30년 가까이 사회생활을 한 내 주변을 보면 첫 직장이 평생 동안의 삶을 결정한 경우가 대부분이다.

의사나 공무원, 교사 등 전문직의 경우는 거의 전부 다 평생 그 업종에 종사하고 있으며, 회사에 취직한 경우에도 여러 회사를 옮기거나 독립을 하기도 하지만 첫 직장에서의 업무와 관련된 일을 하는 경우가 대부분이다.

인생이 다양한 삶을 사는 것 같아도 하는 일의 차원에서 보면 단순하다. 그러니 첫 직장의 선택은 인생에서 너무나 중요한 의미를 지닌다. 취직하여 적성에 맞지 않거나 여러 이유로 전직을 하는 경우도 많기는 하지만 이 보다는 첫 직장의 선택이 삶의 방향과 질을 결정하는 경우가 훨씬 많다.

그대는 대학에 입학할 때 자신이 가고 싶은 대학과 학과에 가는 것이 아니라 성적에 맞춰서 갔을지도 모르겠다. 이렇게 대학에 들어가서 적성에 맞지 않았다고 하더라도 4년간만 버티면 되었다. 하지만 직장은 평생이다.

물론 이직을 하면 되지만 그것이 쉽지 않다. 그러다가 세월이 흘러가면 다른 직종으로의 이직은 거의 불가능하다. 그러니 첫 직장은 정말 중요하다. 그대의 삶은 첫 직장에서 판가름 난다고 생각하고 신중에 신중을 기해야 한다.

취직하기가 어렵다고 해서 적성과 상관없이 '무조건 취직하고 보자'는 식으로 해서는 안 된다. 자신의 길을 찾아야 한다. 직업을 갖는 것도 중요하지만 자신에게 맞는 방향을 찾아 자신의 길을 가는 것이 더 중요하다. 인생의 긴 여정에서 자신에게 줄 수 있는 큰 선물은 자기 자신에게 기회를 주는 것이다. 자신에게 맞는 분야를 찾기 위해서 쓰는 시간은 값진 시간이다.

인생이란 끝없이 갈라지는 두 갈래 길의 숲이다. 인생이란 의
도한 대로 이루어지기보다는 주어진 상황에 따른 선택을 강요
당하면서 결정되는 경우가 대부분이다.

너무 조급해하지 말고 조금 늦더라도 가능한 한 자신이 원하는 직장을 구해야 한다. 이것이 행복한 인생의 첫 걸음이다.

이 세상에는 무수히 많은 직장과 직종이 있다. 사회 첫출발의 직장 선택은 정말 심사숙고해야 한다.

좋은 일자리는 삶에 활력을 주지만 잘못된 일자리는 삶의 의미를 고갈시켜 버린다.

직장 선택은 두 가지 기준에서 봐야 할 것이다.

• 좋아하는 일을 하라

하루하루를 때우고 그래서 한 달이 지나면 월급을 받는 그런 자세로 일을 해서는 안 된다. 일에 재미를 느껴야 한다. 그러기 위해서는 좋아하는 일을 해야 한다. 좋아하는 일이라야 열정을 가지고 전력을 기울여 성공에 이를 수 있다. 집중하여 몰입해서 일할 수 있는 직장을 선택하라.

• 소질 있는 일을 하라

현대사회에서는 백화점식의 두루두루 적당히 잘하는 것이 아니라 창의적이고 전문적인 인재를 필요로 한다. 그대의 자질을 발휘하여 가장 잘할 수 있는 것, 강점을 살리고 부각시킬 수 있는 일이어야 한다. 이 일만큼은 내가 최고라는 소리를 들을 수 있는 분야를 선택해야 한다.

그대가 '즐기는 일'을 '좋은 사람들'과 함께 '잘하는 방식'으로 성취시키는 것이 '잘나가는 청춘'이 되는 관건이다. 이렇게 할 수 있는 직장에 인생을 투자해야 한다. 진심으로 좋아하고 즐기는 일, 소질이 있는 일을 해야 잠재되어 있던 기량을 발휘할 수 있는 것이다.

돈을 벌기 위해 하기 싫은 일을 해야 한다면 존재는 초라해진다. 일에 대한 꿈을 갖고 정진할 때 일도 이루고 돈도 벌고 성취를 이루고 행복감을 느낄 수 있는 것이다. 일에서 재미와 발전과 만족을 발견하기 위해 노력해야 한다.

재능이란 하고 있는 일에서 발휘하는 '지속적인 집중력'의 결과이다. 지속적으로 집중할 수 있기 위해서는 그 일을 좋아해야하고 잘 할 수 있어야 한다. 자신의 재능과 열정을 쏟을 수 있는 일을 해야 한다.

자기가 하는 일을 사랑하는 것, 그리고 그것을 끝없이 반복함으로써 점점 더 잘 할 수 있게 되는 것. 즉 투입의 양(量)이 질(質)로 바뀌는 순간에 재능이 최대한 발휘되는 것이다.

아침에 일어나 출근하는 것이 즐거워야 한다. 직장이 매일매일 새로운 도전과 기회와 배울 것이 기다리고 있는 신나고 즐거운 놀이터가 되어야 한다. 그래야 신명을 바쳐 그 일을 아주 잘할 것이고 매일 일을 하면서 드러나는 능력과 긍정적인 태도가 커다란 성과로 나타날 것이다. 그렇게 보람과 가치를 느끼며 일을 해야 '잘나가는 청춘'이 될 것이다.

인생에서 중요한 터닝 포인트는 취직과 결혼이다. 이 두 가지는 삶의 흐름을 바꾸고 결정짓는 전환점이자 승부처다. 결혼도 취직을 어떻게 하느냐에 따라 크게 좌우된다. 그러니 첫 직장 선택이 운명을 결정짓는다.

그대 명심하라. 첫 직장의 선택이 사회생활의 첫 단추를 끼우는 것임을. 첫 단추를 잘못 끼면 나머지 단추를 잘 낄 수 없다는 것을.

인생은 늘 끊임없는
결정의 순간을 갖고 있다

(註 : 호아킴 데 포사다, 《마시멜로 이야기》에서 인용)

그대는 사회에 진출하기 전에 얼마나 많은 중요한 선택과 결정을 했는가?

학창 시절의 선택은 '어느 학교에 갈 것인가?'로 제한되어 있었다. 그것도 무조건 선택할 수 있는 것이 아니라 성적, 적성, 경제 사정 등을 고려하여 종류와 내용이 한정되어 있었다.

이제 그대 앞에는 학창 시절과는 판이한 선택과 결정들이 기다리고 있다. 사회생활에서는 선택 결정해야 할 사항이 무궁무진하며, 종류도 다양하고 인생에 결정적 영향을 끼칠 정도로 중요한 것도 많다. 이러한 시시각각의 의사결정을 자신의 판단으로 해야 한다.

사회에 진출한 그대 앞에 주어진 업무를 언제까지 어떤 방식으로 처리해야 할지, 월급을 어떻게 활용해야 할지, 주식을 구입한다면 어떤 주식을 사야할지, 결혼은 어떤 사람과 언제 할지, 집 마련 계획을 어떻게 해야 할지, 어떤 차를 구입할지… 등등 이루 열거할 수 없을 정도로 수많은 선택들을 결정해야 하는 것이다.

학창 시절에는 주요한 의사 결정은 부모가 주도적으로 하거나 부모에게 의지했지만 이제는 자신이 주도적으로 해야 한다.

인생은 B에서 시작하여 D로 끝나고 그 사이에 C가 있다고 한다. 즉 B는 Birth(태어남)이고, D는 Death(죽음)이다. 그 사이에 C인 Choice(선택)가 있는 것이다.

인생은 늘 끊임없는 결정의 순간을 갖고 있다. 인생은 주어지는 것이 아니고 선택하는 대로 사는 것이다. 인생의 향방은 아주 단순한 갈림길에서 갈라진다. 그대가 선택한 길이 그대를 이끌어간다.

그대는 시시각각 갈림길에 서서 선택을 한다. 삶은 헤아릴 수 없이 많은 선택의 연속이다. 어떤 옷을 입고, 무엇을 먹을 것인지와 같은 하찮고 세속적인 선택에서부터 누구와 결혼할 것인지, 어떤 직업을 선택할 것인지, 자녀들을 어떻게 양육할 것인지와 같은 인생에 중대한 영향을 미치는 선택이 있다.

그대가 내리는 선택은 거의 대부분이 미래에 대한 예측을 수반한다. 인생에서의 선택을 우연이나 흘러가는 대로 맡겨서는 안 된다. 스스로 자신의 미래를 책임지고 자기 손으로 인생을 값지게 만들어가야 한다.

사람들은 때때로 빗나간 선택으로 후회하기도 하고 불행해지기도 한다. 좋은 씨앗이 좋은 열매를 맺듯이 좋은 선택이 좋은 결과를 낳는다. 좋은 선택을 하기 위해서는 감정과 이성을 잘 조화시켜 자신이 내리는 결정 배경에 어떤 심리 작용이 자리 잡고 있는지 곰곰이 생각해야 한다.

미래 예측과 함께 현재 상황에 대한 파악이 이루어져야 하며 자료 등을 동원하여 불확실성을 최소화시켜야 한다.

삶은 결단의 연속이다. 급박한 현대사회에서는 빠른 결단을 요구하는 순간이 다반사로 이어지고 있다. 그 한 순간의 결단이 자신의 삶과 일에 엄청난 영향을 미친다는 것을 인지하고 신중하게 판단해야 한다.

결단은 무조건 빨리 결정해야 한다고 생각하는 사람이 많다. 물론 신속한 의사 결정은 대단히 중요하지만 성급히 결정을 내리는 것은 화(禍)를 자초할 수 있다. 결단하기 전에 결과를 깊이 고민해야 하며 '심사숙고'라는 말이 이런 때 해당하는 말이다.

홈런이 야구방망이와 공의 타이밍에서 결정되듯이 결단도 시점에 맞게 내려야 한다.

중요한 결정을 할 때에는 단기적이 아니라 장기적으로 보아야 한다. 장기적 관점의 소유자들은 결정을 할 '장기적인 사고는 단기적인 의사 결정을 향상시킨다'는 원칙으로 정리할 수 있다.

그대는 진정으로 바라는 삶을 위하여 선택에 대한 올바른 결단을 해야 한다. 앞으로 10년이나 20년 뒤 그대의 이상적인 삶을 그림으로써 장기적 관점을 세울 수 있다. 당장 돈을 적게 벌거나 고생스럽더라도 멀리 내다보고 그대가 원하는 삶이 이루어지면 어떤 모습일지를 눈앞에 그려보라. 그리고 지금 이 순간 그대 스스로에게 물어보라.

"그런 미래가 현실이 되도록 하려면 지금 나는 무엇을 해야 할까?"

그대가 올바른 결단을 내리면 인생이 달라진다. '잘나가는 청춘'은 명확하고 확실한 결단을 내리며 길을 걸어간다. '흔들리는 청춘'은 그런 결단을 차마 내리지 못한다.

결단은 마음을 가다듬고 창조력을 자극한다. 결단이 섰을 때 의구심과 혼란은 사라진다. 에너지가 샘솟으며 자신의 인생에 대한 통제력을 발휘했다는 느낌이 든다.

결단을 내리지 못하고 주저할 때, 구체적으로 어떤 일을 할 것인지 결심이 서지 않을 때에는 방향을 잡지 못하고 우왕좌왕하게 된다. 계속 망설이면 기회는 어느 순간 사라진다.

결심이 서면 결정한 것을 과감하게 밀고 나가라. 많은 가능성을 꼼꼼히 따져본 후에 결정했다면 최선을 다하라.

어렵고 중요한 결단을 할 때는 이렇게 해보라.

1

그대 옆사람에게 결단을 내려야하는 상황을 설명해줘야 한다고 상상해보라. 그 사람은 그대에게 "왜 그렇게 하려고 해요? 그렇게 하면 이런 점이 나쁘잖아요? 이런 문제점도 있잖아요?"라고 묻고 있고 그대는 그 질문에 대답해야 한다고 생각해보라. 이 과정을 통해 그대는 스스로에게 질문을 던지고 대답을 하게 된다. 그리고 그대는 자신이 내리는 어떤 결단이 현명한 것인지 발견하게 될 것이다.

2

결단을 내리기 전에 반드시 모든 대안의 결과를 상상해보라. 필요하다면 도중에 몇 번이라도 마음을 바꿔야 한다. 단순히 미결정 상황의 답답함이 싫어서 성급히 결정을 내려서는 안 된다. 중요한 결단을 할 때는 더 이상 늦춰서는 안 되는 마지막 순간까지 심사숙고해서 결단하라. 딱 30초만 더 생각하라 그대는 선택의 능력을 가지고 있는가? 선택의 능력은 학식이나 지성만으로는 충분치 않으며 좋은 분별력과 올바른 판단이 필요하다. 학식과 조심성을 가지고도 선택에서 실패하는 사람들이 많다. 오류를 범하기로 작정이라도 한 듯 최악의 것을 움켜 집는다.

선택의 능력은 삶에서 대단히 중요하다. 선택은 그대 자신의 몫이니 선택하는 능력을 키워야 한다.

현명한 선택을 위한 중요한 핵심은 '하지 말아야 할 것'을 결정하는 데 있다. 무엇을 해야 할까를 결정하는 것은 간단하다. 진정 어려운 것은 하지 말아야 할 것을 결정하는 것이다.

그대가 올바른 선택을 하지 못할 수도 있다는 것을 받아들여라. 그대 앞에 주어진 모든 선택에 대해 개방적인 태도를 취하고 융통성을 유지하라.

삶이란 순간순간이 만들어나가는 연주다

'순간의 선택이 일생을 좌우한다.'

정말 맞는 말이다. 앞으로도 삶을 살아가는 동안 자주 듣게 될 것이며 절실히 실감할 것이다. 순간적으로 판단을 잘하여 집을 구입하거나 주식을 사서 큰 부를 얻기도 하고 반대로 판단을 잘못하여 큰 손해를 입기도 한다.

순간적으로 떠오른 아이디어나 악상(樂想), 선택에 의해서 성공의 문에 들어서기도 하고 순간적인 말실수나 행동 실수로 그야말로 패가망신 당하거나 삶의 나락으로 떨어진다.

직장에서 회식 후 술주정을 부리지 말아야 하며, 순간적으로 호기를 부려 음주운전을 해서는 절대 안 된다. 특히 상대방이 성적 수치심을 야기할 수 있는 말이나 행동은 직장 퇴출의 결과를 가져올 수 있다. 음주운전은 적발되면 정신적·경제적 피해는 정말로 크며 자칫하면 평생 굴레가 되기도 하며 사고로 생명을 잃을 수도 있다.

순간을 잘 관리하여 '잘나가는 청춘'이 되기도 하고, 잘못 관리하여 '흔들리는 청춘'이 되기도 한다. 순간을 삶의 중심으로 삼고 소중히, 열심히, 신중하게 관리해야 한다.

항상 깨어 있는 의식으로 자신의 모습을 자각하고, 하지 말아야 할 일은 하지 않아야 하고, 해야 할 일은 하겠다는 결심을 하고 올바르게 행동을 하는 것이 중요하다.

지금 이 순간이 삶의 놀이가 일어나는 시간이다. 직장에서 그대가 행동할 수 있는 유일한 기회는 '바로 지금 이 순간'뿐이라는 사실을 직시해야 한다.

세상에서 가장 중요한 시간은 '지금 이 순간'이고, 세상에서 가장 중요한 사람은 '지금 당신과 함께 있는 사람'이며, 세상에서 가장 중요한 일은 '지금하고 있는 일'이다.

지금 이 순간으로부터 그대를 분리시킬 수 없고, 지금 이 순간만이 그대가 소유할 수 있는 전부다. 지금 이 순간에 충실해야 한다.

지금 이 순간이 삶의 놀이가 일어나는 시간이다. 직장에서 그
대가 행동할 수 있는 유일한 기회는 '바로 지금 이 순간'뿐이
라는 사실을 직시해야 한다.

그대 인생은 그대가 어제 한 일에 의해서도, 내일 하는 일에 의해서도가 아니라 오늘, 지금 이 시간 이 순간에 생각하여 행동하는 바에 따라 정해지는 것이다.

그대가 지금 이 순간 할 수 있고 해야 하는 일이면 지금 하라. 내일로 미루지 마라. 5분 뒤에 하려고 하지 마라.

아이디어가 떠올랐다면 즉시 메모하고, 악상이 떠올랐다면 지금 바로 오선지에 그리고, 애인에게 "사랑한다"고 말하거나 "미안하다"고 말해야겠다고 마음먹었다면 바로 지금 하라. 기회는 다시 오지 않을지 모른다. 지금 이 순간을 붙잡아라.

과거의 어느 것도 바꿀 수는 없다. 그러므로 최선을 다해서 현재를 살아가야 '잘나가는 청춘'이 될 수 있다. 지난 일은 지난 일일뿐이라고 훌훌 털어버리고 항상 새로운 마음으로 살아가야 한다.

그대가 과거에 묶이거나 미래를 서두르다 보면 지금 이 순간을 놓치고 만다. 과거의 지나간 회상에 발목이 잡히거나 미래의 아직 오지 않은 상상에 사로잡혀서는 안 된다.

지금 이 순간은 그대에게 주어진 유일한 소중한 시간이다. 과거나 미래가 아니라 현재의 순간을 삶의 중심으로 삼을 때, 그대는 '잘나가는 청춘'이 될 수 있다.

어떻게 하면 과거와 미래의 함정에서 빠져나올 수 있을까?

- 과거는 통제할 수 없음을 알라.
- 목표 지향적 사고를 하라.
- 해결책을 생각하라.
- 긍정적 사고를 하라.
- 지금 이 순간에 충실해라.

지금 이 순간에 그대는 무엇을 해야 하며 할 수 있는가?

삶이란 순간순간이 만들어나가는 연주이다. 삶은 순간순간의 행동으로 이루어진다. 이 순간이야말로 무언가를 할 수 있는 유일한 때이다.

순간! 순간! 정말로 중요하다.

풀 위에 앉으면
눈을 감고 풀이 되라

그대 잡생각을 하고 있지는 않는가?

다른 곳에 취직이 되었는데도 지금의 직장을 선택해놓고 '그쪽으로 갔더라면' 하고 후회하는 것 말이다. 그렇게 해서는 안 된다. 이미 과거다. 지금 현재에 충실해라.

학벌이 좋고 실력이 있고 소위 말해 스펙이 좋은 사람은 현재 직장에 취직한 것을 감사할 줄 모르고, 조그마한 어려움이 닥치면 '여기 아니라도 다른 곳에 갈 수 있었는데' 하면서 업무를 소홀히 하는 경우가 많다.

사람은 동시에 두 마리의 말을 탈 수 없으므로 이쪽 말을 타기로 결정했으면 반드시 다른 한쪽의 말을 버려야 한다. 현명한 사람은 무엇을 하기로 결정하면 다른 일에 에너지를 분산시키지 않고 그 일에만 매진해서 좋은 결실을 맺는다.

'그 일만 일어나지 않았더라면, 그때 내가 토익 점수를 더 잘 받았더라면, 지금 보다 좋은 직장에 취직이 되었을 텐데….'

과거를 곰씹으며 자신을 책망해서는 안 된다. 취직을 하고 싶어 노심초사하다가 막상 취직이 되면 직장에는 열심히 하지 않으면서 학창시절을 그리워하는 사람도 있다. 이것은 '흔들리는 청춘'의 전형적인 모습이다. 지금 그대의 모습을 인정하고 받아들여야 한다.

과거의 어느 것도 바꿀 수는 없다. 최선을 다해서 현재를 살아가야 '잘나가는 청춘'의 발판을 마련할 수 있다. 지난 일은 지난 일일 뿐이라고 훌훌 털어버리고 항상 새로운 마음으로 살아나가야 한다.

'풀 위에 앉으면 눈을 감고 풀이 되라. 풀처럼 되라. 자신이 풀이라고 느끼라.' (註 : 오쇼 라즈니쉬, 《명상 건강》에서 인용) 풀과 거리를 두지 말고 하나가 되어 완전히 몰입하라는 뜻이다.

지금 그대의 삶의 놀이가 일어나고 있는 직장에서 가슴을 두근거리게 하는 목표와 과제에 마음을 쏟느라 여념이 없어야 한다. 다른 회사에 취직한 친구와의 월급을 비교하면서 부러워하지 마라.

그대가 선택한 첫 직장이 만족스럽지 않더라도 일단 다른 길을 동경하지 말고 적응하기 위해 노력해야 한다. 일단 선택한 직장에서 잘될 것이라는 믿음과 각오를 가지고 어려움이 생기더라도, 흔들림이 없이 꿋꿋하게 최선을 다해야 한다.

그대 삶 앞에 주어진 일에 최선을 다하지 않으면서 '좀 더 나은 직장이 없을까?' 하고 골몰하다가 만약 자신이 동경하던 직장으로 옮기더라도 최선을 다하지 않고 또다시 '좀 더 나은 직장이 없을까?' 하면서 청춘을 보내게 될지도 모른다. 그러다 보면 주어진 일에는 최선을 다하지 않는 직장 낭인이 되기 십상이다.

현재의 일을 가슴 두근거리게 만들려는 노력을 기울이지 않으면 세상의 아웃사이더로 이런 저런 직업들만 전전하다 인생을 낭비하는 삶을 살아가게 될 것이다.

괜히 도저히 갈 수 없는 남의 길을 기웃거리거나 도중에 길을 바꾸기 위해 확실한 자세를 취하지 않고 어정거리다간 인생의 낙오자가 되기 쉽다.

주어진 직장, 선택한 직장에서 최선을 다하지 않고, 자신이 직장을 제대로 선택했는지 의심하면서 직장 생활을 하는 것은 성과를 거둘 수 없을 뿐만 아니라 자신의 삶에 있어서도 불행이다.

분별 있는 사람은 적응하기 위해 노력한다. 지금 서 있는 곳에서 '최선을 다 하겠다'는 자세로 시작하라. 멀리 있는 잔디밭이 더 푸르게 보일 수 있지만 막상 그 잔디밭에 가보면 별 차이가 없다.

그대가 지금 서 있는 첫 직장인 바로 그곳이 사회생활에서 처음으로 맞이하는 기회이다. 일단 그대가 선택한 첫 직장이 하나의 길이라고 믿고 힘들더라도 회피하지 말고 인내의 발걸음을 힘차게 내디뎌라. 그런 자세를 가져야 그대가 바라는 직장으로 옮기는 경우가 있더라도 그곳에서 최선을 다해 인정을 받아 성공을 이룰 수 있다.

'지금 이 순간에 나는 무엇을 해야 하며, 할 수 있는가?'

항상 깨어 있는 의식으로 자신의 모습을 자각하고, 무엇을 하겠다는 결심을 하고 올바르게 행동을 하는 것이 중요하다. 무엇이든 자기하기에 달렸듯이 직장에서도 마찬가지다. 최선을 다해야 한다. 인생은 전속력으로 달리는 사람에게 아름다운 보상을 해준다.

삶이란 끊임없이 새로워지는 것이다. 마치 뱀이 주기적으로 허물을 벗듯이 사람도 일정한 시기가 되면 영혼의 성장을 위해 마음의 껍질을 벗어야만 한다. 지나간 일을 이제 던져 버리라. 비록 미래에 무슨 일이 일어날지 알 수 없지만, 그대를 초대한 삶에 충실해라. 지금 이 순간의 삶 말이다.

젊은 그대, 바로 지금 하고 있는 일에 집중하라. 그러다가 아무리 생각해도 자신이 생각하는 삶의 방향과는 잘못되었다고 판단이 서면 조금 늦더라도 자신의 삶의 방향을 찾기 위해 나서라.

만족하지 않는 직장은 감옥이다

그대는 지금의 직장에 만족하는가?

그대가 원하는 직장, 일을 즐길 수 있고, 소질을 발휘할 수 있는 직장을 구하면 좋겠지만 현실적으로 이와 같은 조건에 딱 맞는 직장에 종사하기가 쉽지 않다. 수많은 청춘들이 자신이 간절히 원했던 직장이 아니라 주어진 직장에 적응해 나가면서 삶을 영위해 나가고 있다.

그대는 지금의 직장에 일단 최선을 다하라.

내가 예전에 대기업에서 인사과장할 때를 떠올리면, 입사한지 1년 이내에 가장 많은 직원들이 그만두는데 그들이 퇴사한 후를 보면 '잘 나가는 청춘'도 있었지만 '흔들리는 청춘'이 더 많았다.

어떤 신입사원은 화장실에서 눈물을 훔칠 정도로 직장에 적응하지 못해 이직을 할까 고민하면서 마지못해 근무하다가 고비를 넘기고 열심히 근무하면서 승승장구하여 임원으로 진급하기도 했다.

사람은 누구나 사춘기를 거치면서 '성장통'을 겪듯이 첫 직장에 취직을 하면 누구나 일정 기간 '적응통'을 겪는다. 나중에 이 기간을 되돌아보면 '아! 별 것 아니었는데 그때는 그것이 그렇게 심각하게 느껴졌구나!' 하고 깨닫게 될 것이다.

요즈음 해병대 극기 훈련이 인기다. 해병대 극기 훈련에 많은 일반인들이 자유의지로 입소해 혹독한 훈련을 받으면서 눈물을 흘린다. 그러면서도 행복감을 느낀다. 힘든 등산도 마찬가지다.

극기 훈련이나 등산을 하기 싫어하는 사람에게 돈을 준다거나 건강에 좋다고 억지로 하겠는가? 건강에 좋은 것을 찾으려면 힘들지 않고도 얼마든지 다른 운동을 할 수 있고, 돈을 벌려면 그 시간에 그만큼의 땀을 흘리는 노동을 해도 될 텐데 말이다.

극기 훈련과 등산을 자진해서 하는 것은 힘들지만 즐겁고 성취감이 있기 때문이다. 일도 마찬가지다. 일을 통해 돈을 버는 것도 버는 것이지만 일 자체를 즐기고 그것을 이루고 나면 느끼는 성취감, 그리고 이를 통해 자신이 성장하고 있다는 느낌이 삶의 행복이기 때문이다.

반면에 감옥에 수감되어 있는 사람들은 극기 훈련이나 등산처럼 힘들지 않는데도 만족감을 전혀 느끼지 못하고 있다. 만일 이처럼 직장에서 만족감을 전혀 느끼지 못한다면 그곳은 감옥이나 다름없다.

직장이 감옥처럼 느껴진다면 어떻게 벗어날 것인가?

쉽다. 직장에 대한 인식을 바꾸고 그 상황을 받아들여 최선을 다하던지 아니면 그 직장에서 스스로 그만두는 수밖에 없다.

그대의 직장이 '잘나가는 청춘'이나 '흔들리는 청춘'을 결정하는 것이 아니라 그대의 사고방식이 좌우한다. 그대를 힘들게 하는 것은 직장에서의 일 그 자체가 아니라, 그 일에 대한 생각이다. 대부분 어려운 일이라고 하는 경우에도 일을 생각하는 것이 마음을 힘들게 하지, 실제로 그 일을 하는 것은 그다지 힘든 일이 아니다.

일단 취직을 했으면 자신이 하는 일을 좋아해야 한다. 주어진 일, 하는 일을 즐기도록 노력해야 한다. 지금 하고 있는 일의 즐거움이 그대가 일을 하는 목표와 결합되면 열정이 된다.

일을 하는 것은 등산과 같다. 싫어하던 등산을 우연한 기회에 하게 되면 할수록 좋아하게 되고 나중에는 등산 마니아가 되는 사람들이 부지기수다. 일도 이와 같아서 처음에는 내키지 않다가도 하면 할수록 빠져드는 경우가 많다.

일단 지금 자신에게 주어진 일, 하는 일을 사랑하고 최선을 다하라. 만일 그대가 현재 하는 일을 받아들일 수도 없고, 즐거움을 느낄 수도 없고 잘할 수도 없다면 다른 직장을 찾아나서라. 만일 그대가 진정으로 다른 직업을 원한다면 하루라도 빨리 변신하라. 여기서 한 가지 충고를 하자면 변신할 대안을 마련해 놓고 사직해야지 무턱대고 직장을 그만두어서는 안 된다는 점이다. 이는 만용일 수 있다.

순간적으로 자존심이 상하거나 일이 적성에 맞지 않는다는 판단이 들더라도 심사숙고하고 참고 견디면서 일정기간이 지나면 일에 즐거움을 느끼는 경우가 많다. 어쩌면 적성도 타고나는 것이 아니라 적응하기 나름이다.

그래도 직장을 옮겨야겠다고 판단이 들면 직장에 다니면서 이직해야지 무턱대고 그만둬버리면 직장을 구하는데 애를 먹으면서 후회할 수 있음을 명심하라.

취직은 꿈의 종착지가 아니라
출발지이다

그대의 인생이란 무엇인가? 무엇을 이루고 싶은가? 에너지를 어디에 쓰고 싶은가? 자신의 '드림 리스트'를 가지고 있는가? 취직이 된 것으로 꿈과 목표가 완성되었다고 생각하는가?

먼저 '그대의 꿈은 무엇인가?'를 결정하는 것이 중요하다.

그대 청춘은 그야말로 마음껏 꿈꿀 수 있는 시기이다. 인생 전체를 조망하면서 꿈과 목표와 비전을 가지고 앞으로 나아가야 한다. 삶의 목표를 정한 그날부터 진정한 인생의 항해가 시작되는 것이다.

직장 생활을 하는 것은 철길을 걷는 것과 마찬가지다. 그대가 현실에 안주하는 것은 철길 위에서 발밑을 보고 걷는 것과 같다.

그렇게 되면 녹과 잡초와 자갈만을 보게 될 것이다. 하지만 철길의 앞쪽을 바라보고 걸으면 그대가 도달하고자 하는 지점을 향해 걷는 것이다. 볼 수 있는 한도까지 걸어가고, 그 지점에 도달하면 더 먼 곳을 바라보고 또다시 걷는 것이다.

현실에 안주하지 말고 꿈을 품는 것을 절대로 두려워하지 말아야 한다. 꿈을 품는 것은 어느 누구도 간섭하거나 방해할 수 없는 그대만의 세계이다. 꿈을 품고 그 꿈을 현실로 탈바꿈 시키도록 해야 한다.

꿈은 인생의 밑그림이다. 그대 인생은 그대가 꾸는 꿈의 소산이다. 그대가 오늘 꾸는 꿈이 내일의 그대를 만든다. 꿈이 커다면 인생도 커질 것이고, 아름다운 꿈을 가지고 있다면 인생도 아름다워질 것이다. 그대가 '위대한 사람'이 되고 싶다면 '위대한 꿈'을 꾸어라.

꿈을 꾸더라도 꿈을 이루지 못할 수도 있지만 꿈꾸기를 포기하는 것은 살아있는 송장과 같은 것이다. 치열한 자세로 꿈꾸기를 하지 않는 것은 현실에 안주하는 것에서 비롯된다.

그대는 인생에서 지금이 가장 젊을 때이다. 이때 치열한 꿈꾸기를 하지 않으면 언제 할 것이냐? 꿈꾸기를 멈춰서는 안 된다. 꿈꾸기를 멈추면 간절한 소망과 희망은 사라지는 것이다.

꿈꾸면서 달려라, 청춘!

그대는 인생에서 지금이 가장 젊을 때이다. 이때 치열한 꿈꾸기를 하지 않으면 언제 할 것이냐? 꿈꾸기를 멈춰서는 안 된다. 꿈꾸기를 멈추면 간절한 소망과 희망은 사라지는 것이다.

취직은 꿈의 종착지가 아니라 출발지이다. 이제 학창 시절의 지상 목표였던 취직이 된 것으로 안주해서는 안 된다. 안주하지 말라고 해서 직장을 옮길 생각을 하라는 말이 아니다. 직장에서 성장하여 CEO로 올라가는 것, 삶에서 이루고 싶어 하는 것을 이루고, 가지고 싶어 하는 것을 가질 수 있게 되면서 행복감을 느낄 수 있도록 노력하라는 것이다.

　취직에 대하여 조금 고상한 문구인 '목적 가치'와 '도구 가치'의 관점에서 보면 취직은 행복이라는 목적 가치를 이루기 위한 여러 도구 가치의 하나다. 즉 취직은 삶의 궁극적인 목적인 행복을 이루기 위한 여정의 출발지이지 종착지가 아니다.

　그런데 도구 가치 중의 하나인 취직을 목적으로 착각하고 꿈을 가지고 가꾸고 키우지 않는다면 돈을 벌기 위한 수단으로 전락되어 진정한 삶의 보람을 느낄 수 없을 것이다. 직장에 다니면서 꿈을 품고 현실에 대한 냉정한 판단과 함께 노력을 끊임없이 해야 한다.

　그대 두 발은 땅에 두되, 눈은 저 멀리 지평선을 바라보라.

장기적인 시각으로
미래를 조망하라

성공한 재일교포 사업가인 손정의 소프트뱅크 회장은 자신이 추구해야 할 일에 대하여 아래 주제를 놓고 끊임없이 고민했다고 한다.

'사람들이 하지 않은 새로운 것, 많은 사람들에게 도움이 되는 것, 최고가 될 수 있는 것, 계속해서 호기심을 가지고 할 수 있는 것, 식지 않는 열정을 평생 간직할 수 있는 것이 무엇일까?'

그대의 비전은 무엇인가? 그대의 비전을 이루기 위해 지금 무엇을 실천하려고 하는가? 그대가 다니는 회사의 비전은 곧 그대의 비전이다. 그대가 회사의 일원으로서 회사의 비전에 어떻게 동참하려고 하는가?

우리는 흔히 '비전 있는 회사', '비전 있는 사람'이라는 말을 한다. 비전은 내다보이는 장래의 밝은 전망이나 이상, 꿈을 말한다.

비전은 미래에 대한 통찰력과 장기 목표를 갖는 것이며 장기적 이익을 위해 당장의 손해를 감수할 수 있는 용기를 가지고 실천해 나가는 끈기를 포괄하는 개념이다.

비전은 아직 보이지 않는 것을 미리 보고 이를 향해 힘을 한 군데로 결집시켜 나가는 것이다.

성공한 사람들은 긴 시간적 수평선 위에서 필요한 의사 결정을 해왔다. 눈앞을 보고 멀미를 느끼지 말고 미래를 내다보는 능력을 겸비해야 한다. 사람이 미래지향적으로 산다는 것은 바로 비전의 실현을 위해 노력하는 삶이라는 뜻이다.

비전을 실현하기 위해서는 명확한 목표를 가지고 살아야 한다. 많은 사람들이 삶의 확실한 목표가 없는 이유는 비전을 가슴에 품고 있지 않기 때문이다. 비전이 없는 사람은 성공할 수 없다. 비전이 없는 사람은 의미 없는 삶을 보내는 사람이다.

비전을 세우면 잠재능력이 일깨워지고 비전이 그대를 이끈다. 비전이 기회를 창조하여 성공과 행복을 이룰 수 있을 것이다. 전체를 조망하고 장기적인 시각으로 미래를 설계하라.

비전의 실현은 허황된 꿈이나 맹목적인 이상을 위해 요행을 기대하는 것이 아니라, 현실적으로 어려운 일이지만 희망을 버리지 않고 꿈을 키워나가는 자세를 가져야 한다.

　그대는 자신의 비전에 대하여 지금 당장의 현실적 상황만을 놓고 보지 말고 꿈과 희망의 끈을 놓지 말아야 한다. 비전의 실현은 하루아침에 이뤄지지 않는다. 끈기와 인내를 가지고 시련을 통과하고 장애물을 극복해야 한다.

　그대는 세상 속에서 일어날 수 있는 여러 가지 다양한 일들을 꿈꿀 수 있는 뜨거운 청춘이다. 그대가 자신의 비전을 믿는다면 그 비전을 실현하는 삶을 살 수 있다. 반대로 삶이 좁은 범위로 제한되어 있다고 믿는다면 삶을 좁게 제한시키며 살 수밖에 없다.

　그대는 어떠한 점에서는 자기 인생의 꿈을 이루어가는 예언자이다. 비전을 가지고 희망의 주문을 걸면 언젠가는 그 비전을 실현할 수 있다. 가능할 것이라고 꿈꾸는 비전은 소망과 노력 여부에 따라 눈앞에 펼쳐지는 현실이 될 수 있다. 이것이 비전을 믿는 사람의 희망적인 태도이다. 아무 생각 없이, 아무 준비 없이 그저 목만 내놓고 기다리는 사람에게 주어지는 것이 아니다. 그 실현을 간구하고 간절히 희망하며 노력하는 사람들에게 다가오는 것이다.

자신을 변화시키고 싶다면 꿈의 크기를 키워나가야 한다. 인격의 크기는 바로 그가 붙들고 씨름하는 꿈의 크기이다. 삶은 그대가 꿈꾸는 대로, 희망하는 대로 이루어진다. 그대가 꿈꾸는 희망과 열정의 크기만큼의 열매를 거둔다.

비전(Vision). 말 그대로 볼 수 있는 사람만이 가질 수 있는 특별한 것이다. 이것은 비전을 이루어 내는 책임이 그대 자신에게 있다는 의미이기도 하다. 생생하게 상상하고, 간절하게 소망하고, 진정으로 믿고, 열정적으로 실천하면 반드시 이루어질 것이다.

'비전을 계속 두드리면 실현된다!'

그대가 향하는 곳은 어디인가?

청춘 그대는 사회에 진출하여 아무런 의식 없이 시계추처럼 반복되는 일상을 보내고 있지는 않는가? 많은 청춘들이 사회생활을 하면서 다람쥐 쳇바퀴 도는 것과 같은 일상을 보낸다. 목표를 정하고 이루기 위해 노력하고 능동적으로 상황을 만들어가는 것이 아니라 주어지는 상황에 따라 수동적으로 행동한다.

퇴근 후에는 끼리끼리 어울리면서 직장과 상사를 안주삼아 시간을 보내는 경우가 많다. 사회생활에서 가치관을 확립하지 않고 아무런 목표 없이 주어지는 일에 수동적으로 하루하루를 보내는 것은 의미 없는 인생이다.

사회에 진출하면서 취직이 되었다는 기쁨에 도취되어 무작정 출발해서는 안 되며 목표를 정해야 한다. 목표 설정은 그대가 가는 방향을 잃지 않게 하는 나침반이다. 그대가 명확한 꿈과 목표 없이 하루하루 일상을 보낸다면 나침반이 없는 배와 같아서 바람 부는 대로 이리저리 표류하는 삶을 살게 되는 것이다.

확고한 목표를 가지고 인생이라는 달리기를 질주해야 보람과 결실을 얻을 수 있다. 배가 떠날 때는 도착해야 할 항구가 있듯이 사회에 첫발을 내디디면서 인생에서 무엇을 이룰 것인가를 정해야 한다.

인간의 의식은 분명한 목적을 갖기 전에는 목표 달성을 향해 움직이지 않는다. 목표를 설정할 때 마술은 시작되어 성취하려는 힘이 현실화 되는 것이다. 목표가 기회를 창조하기 때문에 되고 싶거나, 하고 싶거나, 가지고 싶은 무엇이 있어야 목표를 이루기 위한 잠재능력이 일깨워진다. 그래서 더 멀리 갈 수 있고, 더 빨리 할 수 있고, 더 많은 것을 얻을 수 있는 것이다.

목표를 세우는 것은 성취를 향한 큰 발걸음을 내딛는 것이니 뚜렷한 목표를 정해야 한다. '잘나가는 청춘'과 '흔들리는 청춘'의 차이는 자신의 목표를 분명하게 가지고 있느냐 아니냐가 좌우한다. 목표를 가지고 있으면 자신의 미래에 대해 관심을 기울이면서 진지하게 심사숙고하게 된다.

쉽게 달성할 수 없는 '도전적 목표(stretch target)'야말로 동기를 부여하고 에너지를 불러일으키는 촉매가 된다. 그대의 목표 지점을 결정하면 구체적이고도 현실적인 논리 단계를 설정해야 한다. '목표 달성을 위해 직업을 바꿀 필요가 있을까? 일하는 방식을 바꿔야 할까? 지금보다 더 나은 능력이나 자질, 경험이 필요할까?'

사회생활을 시작하는 청춘에게 있어서는 인생의 목표인 야망을 가져야 한다. 야망을 품으면 이루느냐 이루지 못하느냐를 떠나 이루기 위한 노력을 하는 과정에서 성장과 결실을 이루게 되는 것이다. 목표 달성을 위해 필요한 것이 무엇이든 이를 확보하고 갖추는데 고민하고 실천해나가야 한다.

어떻게 목표를 세우고 달성해야 할까?

• 장기적인 목표가 있는가?

단기적인 목표 달성은 장기적인 목표 달성을 낳는다. 장기적인 목표가 있어야 단기적인 목표를 이루는 과정에서의 어려움을 극복한다.

• 작은 목표부터 하나씩 이루는가?

작은 목표부터 하나씩 달성하면서 더 높은 목표를 설정하게 되더라도 자신감이 늘고 능력이 향상되고, 더 많은 일을 하게 되고, 그 과정에서 더 많은 즐거움을 느끼게 된다.

- 실현 가능성이 있는가?

목표는 막연한 소원이 아니라 실현 가능성이 있는 것을 설정해야 한다. 추상적이고 애매해서는 안 되며 현실적이어야 한다.

- 계획은 치밀한가?

구체적인 계획은 목표 실현을 위한 출발점이며 지름길이다. 치밀하기 못한 계획은 실천해보면 어렵고 결국에는 포기에 이른다. 반대로 치밀한 계획은 목표를 실현시킨다.

- 기한이 있는가?

기한 없는 목표는 탁상공론이다. 기한이 없으면 일을 실행시켜 주는 에너지가 발생하지 않는다. 목표 달성을 위한 구체적인 기한이 있어야 한다.

돈을
춤추게 하라

그대는 이제까지 부모로부터 돈을 받아쓰다가 벌어보니 기분이 어떤가? 흔히 말해 '남의 돈 먹기'가 쉽지 않다는 생각이 드는가? 돈의 위력을 실감하는가?

돈은 교환수단이나 축적수단 이상의 복합적 의미를 가지고 있다. 세상은 돈 때문에 울고 웃고, 지지고 볶는다. 돈은 크게는 삶의 질을 결정할 뿐만 아니라 작게는 사소한 인간적 배신, 사기, 협잡 등에 이르기까지 돈의 질서에서 결코 벗어날 수 없는 것이다.

결혼이 파경에 이르고, 부부간 불화가 생기고, 이혼하는 근본 원인은 돈에 관한 다툼이 많다. 스트레스, 고민, 그리고 심지어 자살까지 초래하는 중대한 원인도 돈 때문인 경우가 많다.

그대는 행복을 위해 돈이 어느 정도로 중요하다고 여기는가?

　돈은 삶의 질과 관련하여 편안함과 행복을 가져다주는 필요조건이다. 부(富)와 행복은 정비례하는 것은 아니지만 상당한 비례 관계에 있어 대개 '부'가 커지면 커질수록 행복해진다. '돈'은 문화적인 생활을 누릴 수 있게 해주며 원하는 일을 할 수 있게 해주어 '돈'을 통해 행복한 삶을 실현할 수 있다.

　그러나 돈은 삶에 필요한 영양소이자 윤활유이지만 돈벌이에 탐닉하면 탐욕, 사기, 부정과 같은 악습이 나타난다. 악의 뿌리는 돈 그 자체가 아니라 돈에 대한 집착이다. 돈이 삶의 목적이 되면 노예처럼 돈에 종속된다. 너그러운 삶과 행실을 바로 잡지 못하고 돈을 쫓아다니게 되어 오히려 삶의 질을 떨어뜨린다.

　어쨌든 돈이 삶에서 사랑과 평화와 같은 가치를 제치고 최고의 가치가 될 수는 없지만, 돈은 생존을 위해 반드시 필요하며 삶의 질을 높이기 위한 수단이다.

　그대는 아마도 학창시절 때와는 비교할 수 없을 정도로 돈의 위력을 실감하고 있는지 모른다. 사회에서 동창생 모임을 주도하는 사람은 학창시절 공부 잘한 사람이 아니라 대개 돈을 많이 가지고 잘 쓰는 사람임을 알고 있을 것이다.

돈이 있는 사람의 주위에 힘의 장이 생기고 돈을 더 벌 수 있

게 해줄 사람들, 아이디어들, 기회들, 자원들이 자꾸자꾸 끌어

들여진다.

돈이 있는 사람의 주위에 힘의 장이 생기고 돈을 더 벌 수 있게 해 줄 사람들, 아이디어들, 기회들, 자원들이 자꾸자꾸 끌어들여진다. 이 처럼 '인력의 법칙'은 돈에도 적용된다.

요즈음 '성공'이라는 단어는 대개 '금전적 성공'과 동의어로 통한다. 인생의 가장 중요한 목표 중 하나는 재정적으로 자립하는 것이다. 돈을 벌고, 적절히 저축하고 투자하여 돈에 대한 근심걱정이 없도록 해야 한다. 재정적 자립은 자신의 책임이다.

새로운 정보와 지식, 기술 혁신, 소비자 수요의 증대 등으로 오늘날에는 재정적 자립을 이룰 뿐만 아니라 부자가 될 수 있는 가능성이 어느 때보다 높다. 불과 수십 년 전만 해도 부자가 되려면 토지, 노동력, 자본, 집기, 건물, 장비 등등의 물질적 자산이 갖춰져 있어야 했다. 그러나 오늘날에는 단지 두뇌만으로도 재정적 자립의 기회를 잡을 수 있다.

그대는 이러한 시대적 추세에 맞춰 자신의 능력을 갖추도록 해야 한다.

재정적인 자립을 위해 어떤 태도를 가져야 할까?

• **재정적 안전을 도모하라**

삶에서 어떤 일이 일어나더라도 재정적으로 안정되어야 대처할 수 있다. 그러기 위해서는 지금하고 있는 일에서 인정을 받아 높은 보수를 받는 것이다.

- **저축하라**

버는 것보다 덜 소비해야 한다. 처음부터 저축하는 것은 힘들 수 있지만 적은 돈이라도 저축할 것을 결심하고 실행하라.

- **투기가 아닌 투자를 하라**

위험 부담이 큰 투기가 아닌 투자를 하되 하기 전에 철저히 조사하라. 세부사항을 잘 살펴보고 스스로 완전하게 이해하고 판단이 섰을 때 투자하라.

- **재정 상황을 파악해 두라**

내일 아침 죽게 되어 빠르고 효율적으로 재산을 정리해야 하는 상황을 상상해보라. 재산 현황을 정확하고 간결하게 세부 항목까지 꼼꼼히 정리하라.

- **지갑을 꺼낼 때를 잘 판단하라**

과감하게 돈을 써야 할 때가 있고 얼마 되지 않는 돈이라도 쓰지 말아야 할 때가 있다. 호기를 부리며 내지 않아도 되는 상황에서 지갑을 꺼내는 것은 자칫 호구로 보일 수 있다.

첫출발

네가 원하는 대학에 입학한다고 삼수하고, 지금의 직장에 취직하기까지 대학 졸업 후 또 2년이 걸렸어. 대학을 졸업하지마자 소위 말해 '신이 내린 직장'이라는 공기업에 취직이 되었지만 적성에 맞지 않는다고 5개월 만에 무턱대고 그만둬 버렸어.

그때 너는 "남들에게 보이기 위한 직장이 아니라 내가 좋아하고 잘할 수 있는 일을 하는 직장을 찾겠다"고 말했어.

그러면서 고액 연봉을 받다가 자신이 하고 싶은 일을 찾아서 연봉이 반도 되지 않는 봉사단체로 옮겨 아프리카로 떠난 네 친구 이야기를 했어.

그 후 1년 동안 과외를 열 군데나 하면서 취직을 위해 노력했지만 번번이 허탕을 치고 말았어. 첫 직장을 그만둔 것을 얼마나 후회하는지 그 모습을 지켜보았지.

그때 네가 "직장이라는 백그라운드가 얼마나 중요한지 알게 되었다"고 말했어. 그래 맞아, 그 명함 하나가 말이야. 직장은 일하고 돈을 버는 곳만은 아니야. 은행에서 융자를 받거나 결혼 조건 등 여러 가지 면과도 연계되는 사회적 신분이기도 해.

그래, 이제 원하는 곳에 취직이 되었으니 기분이 어때? 아직도 취직이 안 된 친구들은 아르바이트를 하고 있는데 말이야. 아마도 친구들에게 미안하면서도 한편으로는 보란 듯이 날아갈 것만 같은 기분이겠지. 하지만 이제부터 학창 시절과 판이한 삶의 경쟁이 시작될 거야.

사회생활이 녹록하지 않다는 것을 소위 말해 편하다는 첫 직장인 공기업에서조차도 어느 정도 느꼈을 거야. 앞으로 이 말을 실감 정도가 아니라 절감하게 될 거야.

"세상은 넓고 멀고 험난한 전쟁터이다."
"삶은 용감히 맞서 싸울 것을 요구하는 전쟁이다."

텔레비전에서 동물의 왕국을 보았을 거야. 아프리카 세렝게티 평원에서 쫓고 쫓기는 모습들 말이야. 지금 이 순간에도 이와 같은 모습들이 계속되고 있어. 사자는 가젤보다 빨리 달리지 않으면 굶어 죽어. 반면에 가젤은 사자보다 더 빨리 달리지 않으면 잡혀 죽고 마는 거지.

　인간들의 사회생활도 마찬가지야. 삶의 현장도 이와 비슷한 경주가 벌어지는 곳이지. 이 세상은 도덕군자들만이 사는 곳이라고 말하고 싶지 않아. 이런 도덕군자들보다는 자신의 삶을 위해 살아가는 이기적인 사람들이 훨씬 많은 곳이야. 그 이기적인 면이 삶과 사회 발전의 원동력이 되기도 하지만 말이야. 사회는 법과 제도의 틀 속에서 무한 경쟁이 펼쳐지는 곳이지.

　이제부터 시작이야. 치열한 경쟁의 틈바구니에서 살아남아야 해. 살아남는 것을 뛰어넘어 이겨야 해. 이기는 것을 넘어 성공해야 해. 성공으로 행복을 구가해야 해. 이것이 삶의 궁극적인 목표이며 추구해야 할 가치가 아닐까?

　'어떻게 하면 성공의 사다리를 올라갈 것인가' 하는 것이 사회생활의 관건이야. 이제 네 앞에는 학창 시절과 다른 전쟁과 같은 경쟁이 기다리고 있어. 이 격전장에서 '잘나가는 청춘'으로 성공을 향한 사다리를 한 단계 한 단계 올라갈 것인가? 아니면 '흔들리는 청춘'으로 인생의 뒤안길을 걸을 것인가?

　인생이란 올라가야 할 수많은 언덕과 산을 너에게 들이밀 거야. 도전해 오는 것이 무엇이든, 장애가 무엇이든 간에 꼭대기를 바라보고 올라가야해. 너의 성공 여부는 스스로 목표를 설정하고 이를 실현할 수 있는가에 달려있어.

세상은 다양한 사람들의 협력과 노력에 의해 유지 발전 되지만 세상 돌아가는 메커니즘을 정하고 이를 주도하는 것은 '창조적인 소수자'야. 네가 다니는 직장에 이 메커니즘을 적용해 보면 금방 느낄 거야. 회사는 여러 구성원들의 노력에 의해 유지 발전되지만, 최종적인 의사 결정을 하고 이끄는 사람은 CEO이듯이 말이야. 수많은 임직원들의 의사보다는 CEO 한사람의 의사가 더 영향력이 크잖아?

성공이란 자신의 의사를 실현하기 위한 영향력을 가질 수 있는 창조적인 소수자가 되는 것이 아닐까? 사회에 진출한 너도 이에 동의한다면 창조적인 소수자가 되기 위해 묵묵히 나아가야 할 거야.

성공은 처음에는 막연한 꿈처럼 보이겠지만 그 꿈을 추구하며 실현해가는 과정에서 서서히 구체화되어 네 앞에 다가올 거야. 가치 있는 일은 하루아침에 이루어지지 않아. 성공으로 가는 길은 힘든 오르막길이야. 그러니 성급하게 가려하지 말고 한걸음 한걸음씩 내딛어야 해. 그 한 발자국이 성공으로 다가서게 하는 의지의 실행이지.

삶이란 항상 양면성이 존재해. 인생이란 양지쪽을 걷는가 하면, 때로는 음지쪽도 걸어야 하는 여행이야. 배부를 때가 있으면 배고플 때도 있고, 기쁜 일만큼이나 슬픈 일도 있고, 좋은 일과 마찬가지로 나쁜 일도 일어나고, 이길 때가 있으면 질 때도 있고, 일어서는 횟수만큼이나 넘어지는 경우도 허다하지.

　네가 삶을 여행하는 과정에서 나타나는 어려움은 너의 삶에 다양성을 불어넣어주고 흥분하게 만들고 조화롭게 해 주는 것이라고 생각해야 할 거야.

　인생은 한 번에 한 걸음씩 걸어가는 등산과도 같아. 등산은 때로는 능선을 걸으면서 쉬울 때도 있지만, 바위를 타고 고갯길을 올라가야 하는 힘든 경우도 많다는 것을 알게 될 거야.

　때로는 길이 너무 험해서 기어갈 수밖에 없는 상황에 처할 수도 있지. 그래도 그렇게 한 걸음씩 내디디면서 등산과도 같은 이 삶의 여정을 헤쳐 나가야 해.

　인생에서 한 걸음의 보폭이 어느 정도가 되어야 하는지, 그 걸음의 방향이 어느 곳으로 향해야 하는지의 규칙은 없어. 그것은 네 의지와 능력에 달려있지만 인생은 한 번에 한 걸음씩만 걸으라고 요구하고 있지.

　주어진 상황이 힘들더라도 도전과 용기를 가지고 걸음을 멈춰서는 안 되며 느린 걸음이라도 한 걸음 한걸음 걸어가야 해. 그 한 걸음이 아무리 대수롭지 않아 보이더라도 위축되지 말고 조금씩이라도 전진해야 해.

　거센 폭풍이 닥치고 험한 역경이 덮칠지라도 그 속에서 내딛는 한 걸음이 삶을 지탱시키는 힘이야. 그 한 걸음 한 걸음이야말로 현실에 도전하는 희망의 불꽃이지.

배를 만든 이유는 항구에 정박하기 위해서가 아니라 험난한 파도를 뚫고 항해하기 위해서야. 이처럼 인생도 위험을 감수하고 대해로 나아가야 해. 도전하지 않으면 변화도 발전도 바람직한 삶도 살 수 없어. 도전과 모험에 따르는 위험과 두려움을 회피하려 한다면 의미 있고 보람찬 삶을 회피하는 것과 다름 아니지.

이제 사회와 세상과 마주한 너는 항구를 장식하는 배가 되지 않고 거친 파도를 헤치고 목적지를 향해 나아갈 것을 굳게 믿어.

커피전문점에 가보면 자판기 커피보다 훨씬 비싼데도 청춘들이 바글바글 하더라. 커피를 마시는 것이 아니라 문화를 마신다면서 말이야. 너도 자주 가겠지.

그곳에는 다양한 커피 종류가 있는데 커피 원액인 에스프레소가 있고, 에스프레소에 뜨거운 물을 타면 아메리카노, 밀크크림을 타면 카페라떼, 밀크크림과 계피가루를 타면 카푸치노. 우유와 초코시럽을 타면 카페모카가 된다고 하더라.

이처럼 에스프레소는 모든 커피에 없어서는 안 되며 다른 것과 합해질 때 다양한 맛을 발휘하게 된다고 해. 네가 직장에서 에스프레소와 같은 꼭 필요한 사람, 동료들과 협력하여 시너지를 발휘해야 해.

생소할지도 모를 낭중지추(囊中之錐)라는 고사성어가 있어. 주머니 속의 송곳은 결국 드러나게 마련이라는 뜻처럼 하찮아 보이는 일에까지 최선을 다하면 반드시 인정받게 되어있어.

    네가 보기에 직장상사들이 신문이나 보면서 편안하게 결재나 하는 것 같아도 그렇지 않아. 무심코 앉아있는 것 같아도 예리한 눈과 마음으로 너를 평가하고 있지. 네가 직장에서 에스프레소와 같은 사람이라고 인정되면 '잘나가는 청춘'이 될 수 있도록 멘토의 역할에 발 벗고 나서줄 거야.

    성공은 마술을 부려 얻을 수도 없고, 가만히 있는데도 저절로 굴러 들어오는 행운도 아니야. 세상은 노력한 만큼 결과를 안겨주는 곳으로 너의 열정을 불태울만한 광장이야. 인생에서 성공을 위해 반드시 인지해야 할 법칙이 있어.

    '열정을 다해 노력하라!'

치열하게 행동하라

청년실업이 고유명사로 자리 잡아 시대의 화두가 된 상황에서 어렵사리 직장을 얻은 것은 정말 축하할 일이다. 하지만 축하와 기쁨은 취직이 발표된 그 순간에 이미 끝내야 한다.

사회 새내기인 그대는 출근길에 직장인들의 빠른 발걸음을 보면서 학창 시절에 전혀 느껴 보지 못했던 치열함을 느낄 것이다. 직장에서 임직원들의 눈동자를 보면서 긴장의 끈을 놓을 수 없을 것이다.

일은 세상이라는 삶의 광장에서 성공을 향한 발걸음을 떼도록 하는 원동력이다. 직업을 선택하여 열정적으로 일하는 것은 인생의 진정한 행복이다.

선택한 직장을 소중하게 생각하고, 가진 모든 능력을 발휘해야 한다. 현실에 안주하지 말고 자신의 발전을 위해 배우는 자세로 임해야 한다. 종사하고 있는 산업 분야의 발전 속도에 부응할 수 있도록 준비하고 공부해야 한다.

인생의 모든 페이지에서는 전쟁과 같은 경쟁이 벌어지고 있다. 인생의 격전장에서 성공할 것인가? 실패할 것인가?

인생에서 성공을 위해 반드시 인지해야 할 법칙이 있다.

'모든 것을 고려하라!'

취직하기 전까지는 '어떻게 하면 취직을 위한 스펙을 쌓을 것인가?' 하는 단순한 고민과 노력을 기울였을 것이다. 이제는 학창 시절과는 양이 많고 질도 다른 고민들을 매일 마주치면서 부딪히고 깨지는 일상을 맞이할 것이다. 하지만 그것이 고통이 아니라 성공을 향한 길임을 알기에 치열하게 고민하고 행동해야 하는 것이리라.

젊은 그대, 인생의 황금시기인 젊음을 선용하여 힘차게 약동하라!

윤문원

잘나가는 **청춘**
흔들리는 **청춘**